光文社文庫

文庫書下ろし／長編時代小説

武神
鬼役伝(五)

坂岡　真

光　文　社

この作品は光文社文庫のために書下ろされました。

『武神　鬼役伝㈤』目次

尾張徳川家
上屋敷
市谷
早稲田村
江戸川
音羽
護国寺
至板橋宿
江戸川橋
大塚
巣鴨
赤城明神
御納戸町
石切橋
神楽坂
若宮八幡宮
切支丹坂
御薬園
日光御成街道
中山道
小日向馬場
牛込御留守居町
牛込御門
番町
伝通院
小石川
白山
田安御門
水戸徳川家
上屋敷
駒込
清水御門
小石川御門
六義園
春日町
水道橋
千駄木
神田川
本郷
加賀前田家
上屋敷
道灌山
駿河台
霊雲寺
下谷茅町
(柳沢家中屋敷)
根津権現
日暮里
神田明神
喜連川藩上屋敷
鍛冶町
湯島天神
不忍池
秋元家下屋敷
忍ヶ岡
昌平橋
昌平坂
明神下
池之端仲町
弁天
仁王門前町
筋違御門
寛永寺
東叡山
根岸
谷中
外神田
下谷広小路
内神田
和泉橋
佐久間河岸
神田佐久間町
神田相生町
下谷練塀小路
御徒町
下谷金杉町
通油町
豊島町
新シ橋
向柳原
下谷山崎町
広徳寺
通塩町
柳原土手
左衛門河岸
三味線堀
下谷竜泉寺町
浄閑寺
汐見橋
横山同朋町
両国広小路
幡随院
元鳥越町
甚内橋
猿屋町
茅町
浅草橋
薬研堀
米沢町
新吉原
阿部川町
両国橋
柳橋
日本堤
御蔵前片町代地
新堀川
水戸家石揚場
東本願寺
小塚原
横網町
大川
森田町
二ツ目之橋
回向院
御蔵前通り
御蔵前
浅草寺
日光道中
御米蔵
奥山
浅草
山谷町
惣録屋敷
首尾の松
御竹蔵
浅草広小路
雷門
浅草観音
弁天社
駒形町
新鳥越橋
御厩河岸之渡し
山谷堀
二ツ目之橋
駒形堂
浅草
花川戸町
揚場
石原町
緑町
南割下水
吾妻橋
今戸橋
今戸町
本所
竹町之渡し
白鬚之渡し
竪川
源森橋
源森川
小梅村
三囲稲荷
向島墨堤
長命寺
木母寺
三ツ目之橋
北割下水
北辻橋
大横川
法恩寺橋
寺島村
業平橋
新辻橋
亀戸村
小梅村
四ツ目之橋
押上村
天神橋
十間川
柳島村
亀戸天神

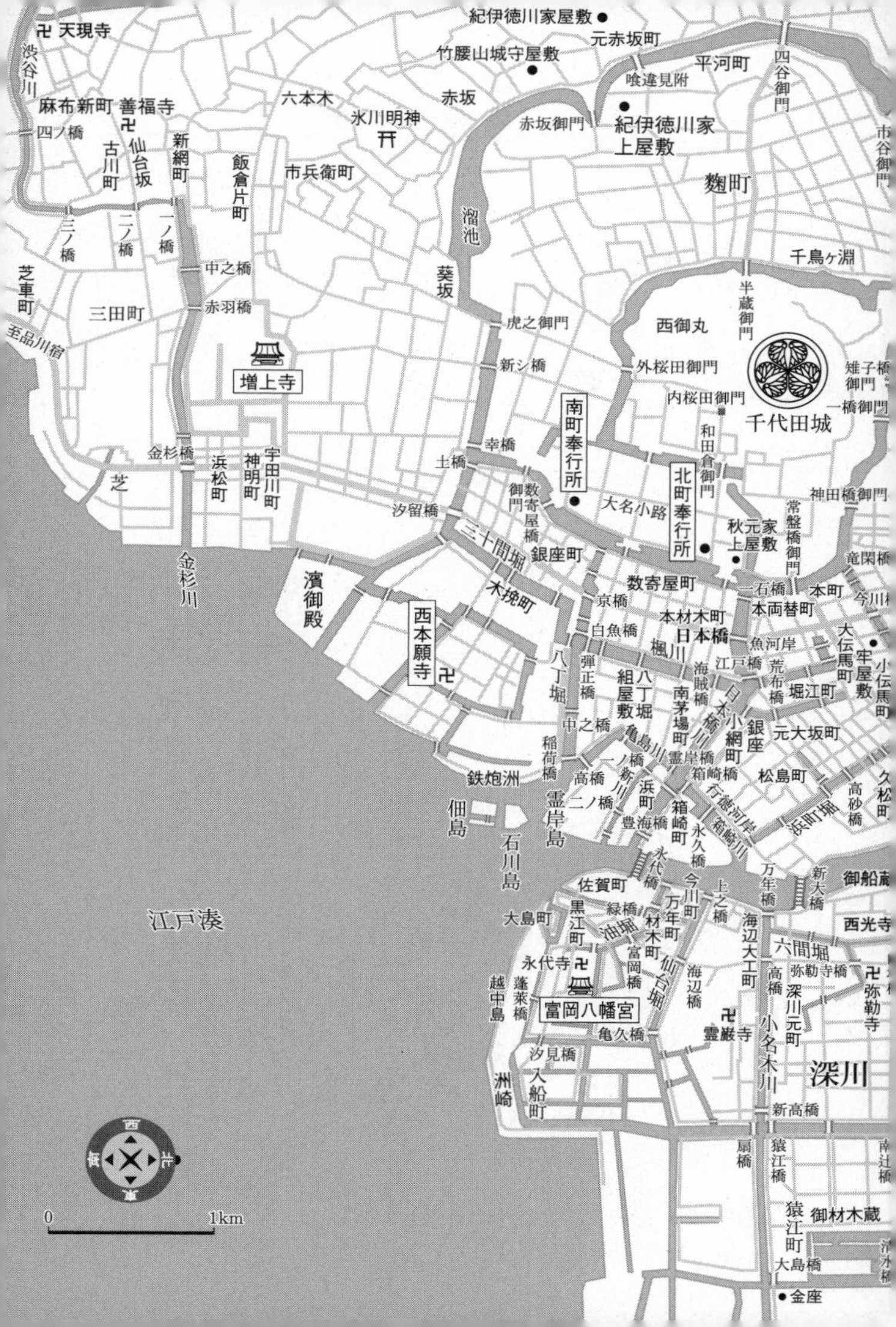

天現寺
渋谷川
麻布新町
善福寺
四ノ橋
古川町
仙台坂
新網町
飯倉片町
六本木
氷川明神
赤坂
市兵衛町
紀伊徳川家屋敷
竹腰山城守屋敷
元赤坂町
平河町
喰違見附
四谷御門
赤坂御門
紀伊徳川家上屋敷
市谷御門
麴町
溜池
三ノ橋
二ノ橋
一ノ橋
中之橋
赤羽橋
芝車町
至品川宿
三田町
葵坂
虎之御門
千鳥ヶ淵
半蔵御門
西御丸
外桜田御門
増上寺
新シ橋
雉子橋御門
内桜田御門
一橋御門
南町奉行所
千代田城
幸橋
金杉橋
浜松町
神明町
宇田川町
芝
土橋
和田倉御門
北町奉行所
神田橋御門
数寄屋橋御門
汐留橋
大名小路
常盤橋御門
秋元家上屋敷
三十間堀
銀座町
竜閑橋
金杉川
濱御殿
木挽町
数寄屋町
一石橋
本町
今川橋
京橋
本両替町
西本願寺
本材木町
日本橋
白魚橋
楓川
魚河岸
大伝馬町
牢屋敷
八丁堀
弾正橋
組屋敷
八丁堀
海賊橋
江戸橋
荒布橋
堀江町
小伝馬町
南茅場町
日本橋川
小網町
銀座
中之橋
元大坂町
稲荷橋
亀島川
霊岸橋
箱崎橋
松島町
一ノ橋
新川
高橋
浜町
行徳河岸
高砂橋
久松町
鉄炮洲
二ノ橋
箱崎町
箱崎川
浜町堀
佃島
霊岸島
豊海橋
永久橋
石川島
永代橋
万年橋
新大橋
御船蔵
佐賀町
今川町
上之橋
大島町
黒江町
緑橋
万年町
海辺大工町
西光寺
油堀
材木町
六間堀
江戸湊
永代寺
富岡橋
仙台堀
海辺橋
高橋
弥勒寺橋
深川元町
弥勒寺
越中島
蓬莱橋
富岡八幡宮
霊巌寺
小名木川
亀久橋
汐見橋
深川
洲崎
入船町
新高橋
西
北
東
南
扇橋
猿江橋
南辻橋
0
1km
猿江町
御材木蔵
大島橋
●金座

幕府の職制組織

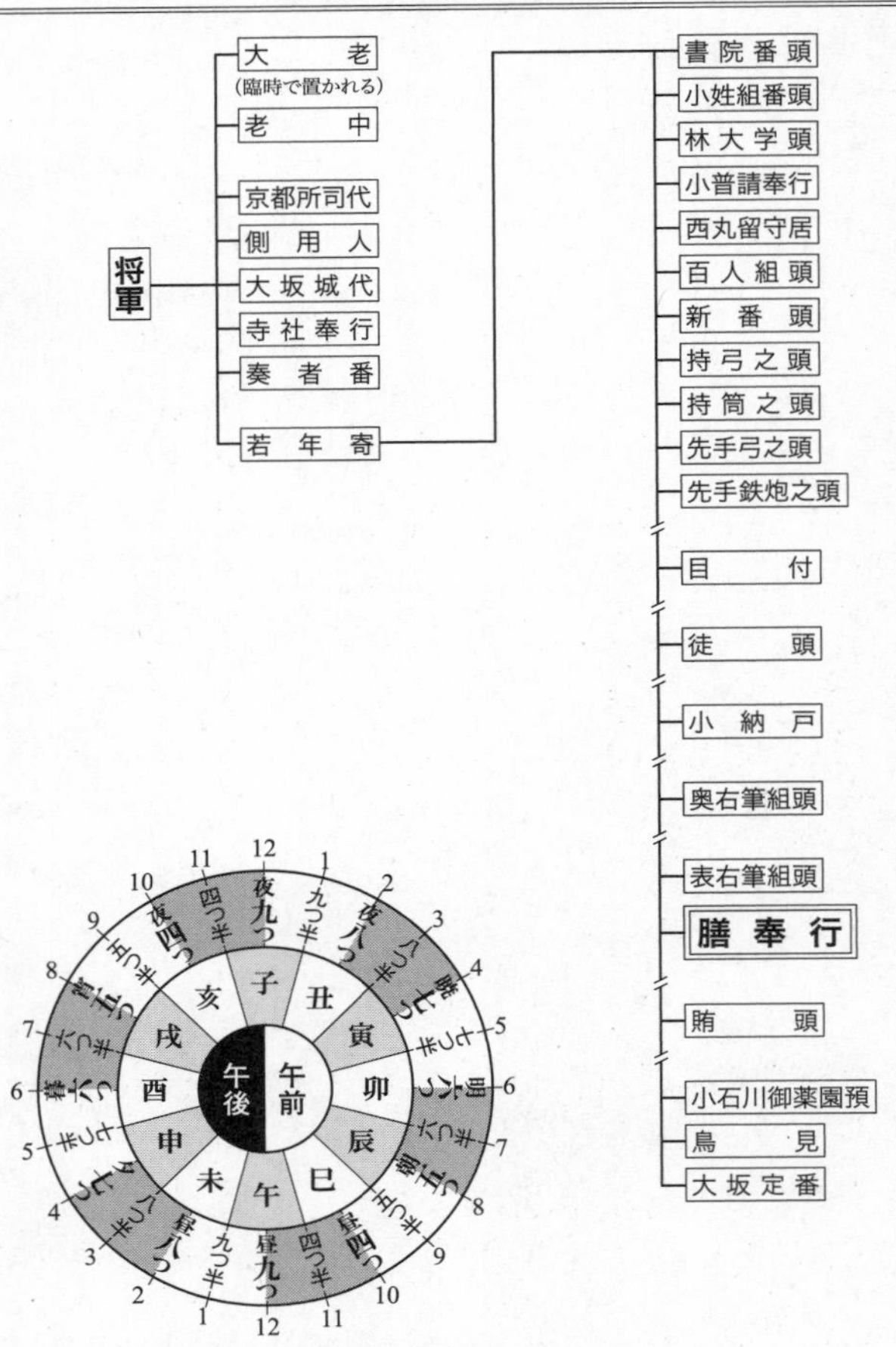

江戸の時刻(外の数字は現在の時刻)

千代田城図

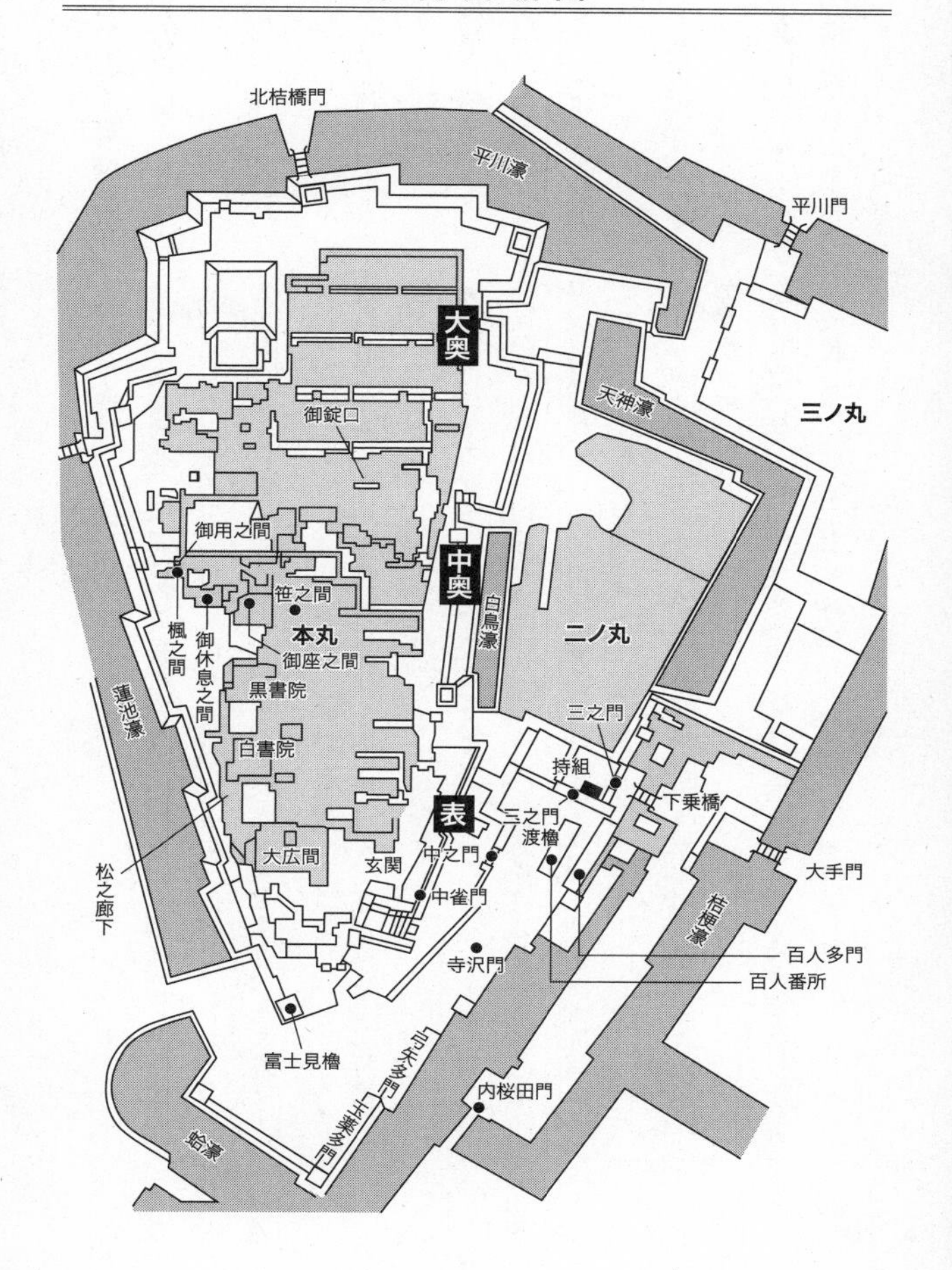

北桔橋門
平川濠
平川門
大奥
天神濠
三ノ丸
御錠口
御用之間
中奥
白鳥濠
二ノ丸
笹之間
本丸
楓之間
御休息之間
御座之間
黒書院
蓮池濠
白書院
三之門
持組
下乗橋
表
三之門
渡櫓
中之門
大広間
玄関
松之廊下
大手門
中雀門
桔梗濠
百人多門
百人番所
寺沢門
富士見櫓
弓矢多門
玉薬多門
内桜田門
蛤濠

『武神　鬼役伝㈤』おもな登場人物

矢背求馬……膳奉行支配同心。前職は百人番所の番士だったが、剣術仕合で番士の中での頂点に立ったところで、御家人随一の遣い手というふれこみが老中秋元但馬守喬知の耳に届く。試練と御験し御用を経て、矢背家に養子として婿入りし、膳奉行となる。

矢背志乃……京の洛北にある八瀬の首長に連なる家の出身で、江戸へきて矢背家を起こして初代の当主となる。薙刀の達人。

月草（猿婆）……矢背家に仕える女衆。体術に優れている。

土田伝右衛門……公人朝夕人。将軍の尿筒持ち。一方では、将軍を守る最後の砦となる武芸の達人でもある。室井作兵衛から密命を受けて、求馬に接触する。室町幕府時代から続く土田家の末裔で、代々、伝右衛門を名乗る。

秋元但馬守喬知……老中。密命を下し、奸臣を始末する裏御用の担い手を捜しており、求馬に白羽の矢を立てた。

室井作兵衛……秋元家留守居。秋元但馬守の命を受け、伝右衛門や志乃や求馬に密命を下す。

徳川綱吉……第五代将軍。「犬公方」と呼ばれている。

鬼役伝 五

武神

憤死團十郎

一

市川團十郎が刺された。

当代一の人気役者が市村座の舞台で当たり役を演じ、大向こうに見得を切ったそのとき、客席から駆けあがってきた同じ役者に匕首で心ノ臓をひと突きにされたのだ。

「匕首を引き抜くや、夥しい血飛沫が天井に噴きあげた」

と、大耳の美川彦蔵は客席でみてきたように喋る。

美川は相番の鬼役、猫舌であることを隠して公方綱吉の毒味役に任じられた。

もちろん、要領の良さだけで抜擢されるほど甘い役目ではない。毒を啖うこともあれば、魚の小骨を見逃して罰せられることもある。死と隣合わせゆえに「鬼役」と称されているほど難しい役目だが、噂好きにしかみえぬ美川は何故かこの笹之間に留まっていた。

美川のことは、まあよかろう。

團十郎である。

「刺されたはずの團十郎は不動明王のごとく微動だにせず、真正面の客席を睨んでおった。例の元禄睨みよ。これも手の込んだ趣向のひとつなのか。それにしては血の量が多すぎると、客の誰もがおもったに相違ない」

美川は箸ではなく、口をしきりに動かしつづける。夕餉の毒味御用が終わってひと息つくや、堰を切ったように喋りだしたのだ。

まるで辻講釈のようだなと、肩衣も初々しい矢背求馬はおもった。

齢二十四の若輩だが、毒味の所作はほかの誰よりも堂に入っており、幼い頃から禅の修行を重ねてきたおかげか、いっさいの感情を面に出さぬ術を心得ている。

それにしても、にわかには信じ難い。

刺されたのが朝方の公演ならば、妻の志乃と侍女の猿婆も惨劇を目の当たりにが、今は確かめようもなかった。よほどのことでもなければ、城中に外の噂は聞こえてこない。ましてや、毒味部屋の笹之間は中奥でも周囲と隔絶され、常ならば廊下の咳ひとつ聞こえてこないほどに静まりかえっている。

美川の囁きは鬱陶しいことこのうえないが、並々ならぬ人気を博す市川團十郎が刺されたとなれば、はなしは別だ。

じつは、浅からぬ縁がある。

今から四月ほどまえの昨年神無月、加賀前田侯が堺町の中村座を貸し切って團十郎一門に「暫」を演じさせた。そのとき、役者のひとりに化けた猿婆が、賓客の元武家伝奏に襲いかかった。元武家伝奏を恨む志乃の意を汲み、刺客となって命を狙ったのだ。

ところが、もう少しのところで失敗ってしまい、敵の忍びに遠待筒で撃たれた。その場に居合わせた求馬は瀕死の重傷を負った猿婆を抱き、追っ手から逃れるべく芝居小屋の裏手へ逃げた。偶さか一服喫けていた團十郎に出会して助けを請うと、機転を利かせて芝居茶屋へ導いてくれた。町医者を呼んで手当てまでさせ、数日のあいだ匿ってくれたのである。

命を救われた猿婆はもちろん、志乃が團十郎の贔屓になったのは言うまでもない。それゆえ、初春と弥生の狭間で客の入りが芳しくない如月狂言にも何度か足を運んだ。本日十九日は葺屋町の市村座で『移徙十二段』なる演目が掛けられ、團十郎は源義経の家来である佐藤忠信を演じていたはずだった。

「鈴生りの客たちは目を瞠り、息をするのも忘れておった。團十郎はどうっと、仰向けに倒れていった。かたわらには、返り血を浴びて血達磨になった男が立ち惚けておったという」

吐き気を催すほどの血腥さが小屋全体に充満すると、二階席に陣取る御殿女中らしき女たちが悲鳴をあげた。

「ひゃあああ」

それが引鉄となり、客たちは雪崩を打ったように逃げはじめる。

「押すな、押すな」

大勢が出口で将棋倒しになる危うい情況のなか、志乃と猿婆は無事に小屋の外へ逃れられたのだろうか。

美川の語りを聞きながら、求馬は言い知れぬ不安を抱いた。

今すぐにでも御納戸町の家宅へ駆け戻りたくなったが、今宵の宿直を誰かに替わってもらうわけにはいかない。

「無論、團十郎は即死だった。享年四十五、奇しくも主君の仇討ちをやってのけた大石内蔵助と同じさ」

美川の囁きで、求馬は我に返る。

「刺した役者が誰か、知りたくはないか」

知りたいとおもっても頭の整理がつかず、うなずくのすら忘れていた。

「生島半六だ」

早耳を自慢したいのか、美川はにやりと笑う。

「半六は市村座の頭取らしい。伜が折檻されたのを根に持っていたとも、女房を寝取られたのを恨んでやったとも伝えられておるが、真相はわからぬ」

あれこれ臆測はできても、藪の中から真実をみつけだすのは難しかろう。

半六はその場で縄を打たれたが、何処の牢に投獄されたのかは判然としない。

「何せ、役者は埒外の者ゆえな」

美川の言った「埒外」の意味が、すぐにはわからなかった。人殺しは当然のごとく、小伝馬町の牢屋敷へ投獄されるものとおもいこんでいたからだ。

「團十郎の父親は、菰の異名で呼ばれておった。くふふ、江戸にはな、おぬしの知らぬ深い闇があるのさ」

埒外の者が堕ちる闇、そんなものは知りたくもないと、求馬はおもう。

――身は深く与え、太刀は浅く残して心はいつも懸かりにてあり。

忽然と脳裏に浮かんだのは、慈雲禅師に教わった鹿島新當流の剣理である。

求馬は実践ですこぶる強い同流を究めたが、十月前の昨年卯月までは中之御門を守る持筒組の一番士にすぎなかった。

剣で身を立てようと一念発起し、板の間での申し合いで番士五百人余りの頂点に立った。御家人随一の遣い手という触れこみが老中秋元但馬守喬知の耳に届き、さまざまな試練や御験し御用を経て膳奉行支配同心となった。

秋元家の下屋敷で出会ったのが、綱吉から「唯一無二の鬼役」と評された南雲五郎左衛門である。慈雲が剣の師ならば、南雲は人生の師であった。御役目で烏頭の毒を嘗めて盲目となった南雲から毒味の所作や鬼役の心構えを叩きこまれ、仕舞いには公方綱吉に意見した南雲を介錯せねばならぬ悲運にも晒された。

ほかの道では味わうはずもなかった過酷な出来事を経て、幼い頃から夢にまでみていた出仕の機会を摑んだ。

されど、御家人身分では鬼役になれぬ。旗本になるには、洛北の山里から江戸に下った矢背家に婿入りするしかなかった。ただし、女当主の志乃は一筋縄ではいかぬ娘、武芸百般に長じているばかりか、感情の起伏が激しいじゃじゃ馬にほかならなかった。

じゃじゃ馬を飼いならさねば、旗本にも鬼役にもなることができない。

それでも、曇りのないまっすぐな気持ちが志乃に通じたのか、求馬はどうにか矢背家への婿入りをみとめられたのである。

婿入りののちも、試練はつづいた。

――鬼役とは密命を果たす者。

厳しく断じてみせたのは、秋元家留守居の室井作兵衛である。

千代田城に出仕して鬼役となってからは、室井に替わって小姓組番頭格の橘　主水が密命を下すようになった。

――上様直々の命により、邪智奸佞の輩に引導を渡すべし。

得体の知れぬ橘からそのように命じられても、おいそれとしたがうことはできなかった。

だいいち、理由もなく人を殺めることはできない。黙って命に従うのが侍であろうと詰られても、その一線だけは譲れなかった。たとい相手が公方であろうと、決して引き下がらぬ。その気概こそが侍として失ってはならぬものではないのかと、声高に反発もした。

だが、秘かに「中奥の重石」と噂される百戦錬磨の橘に通用するはずもない。

求馬は命じられるがままに、密命を果たすしかなかった。心に葛藤を抱えつつも、天下の安寧を保つためと主張する橘主水を正義と信じるよりほかになかった。

「おい、はなしを聞いておるのか」

気づいてみれば、美川の顔が鼻先にある。

求馬は横を向き、ほっと溜息を吐いた。

「ふん、溜息は寿命の毒だぞ。よう聞け。わしはな、團十郎殺しには裏があるとおもうておる」

「裏」

「ふむ。それが何かはわからぬが、芝居にすればさぞやおもしろかろう筋書きだ。とにもかくにも、團十郎の人気は凄まじかった。卑しい出自の者が神仏と並び称されるほどに持ちあげられたら、御上とておもしろかろうはずはない。のう、そうであろう」

同意を求められても、うなずくことはできない。

凶事の裏にはおもしろい筋書きがある、などという不謹慎さは持ちあわせていなかった。

「團十郎には、三升屋兵庫という狂言作者の顔もあった。はたして、おのれが刺される筋書きまで描いておったのかどうか。描いていたとすれば、正真正銘、不動明王の化身とまで奉じられた希代の役者にほかなるまい」

他人事として笑って済ませられるはずもなかろう。

志乃と猿婆はかならずや、團十郎殺しの裏を探ろうとするはずだ。

真相を探りだすことが供養に繋がるなら、求馬も助力を惜しむ気はない。

「大地震で江戸は揺れ、浅間山は年初からたいそうお怒りだ。関八州に噴煙を撒き散らしておる。明日は何が起こるかわからぬ。それが今の世だ。天変地異や凶事を嘆いて落ちこむより、限りある日々をせいぜい楽しんだほうがましであろうよ、のう」

口をぱくつかせて喋りつづける美川の顔が、腐りかけた鯛の尾頭付きにみえてくる。

濁った目玉を箸で串刺しにしたい衝動に駆られたが、求馬は怒りの感情をわずかも面に出さなかった。

二

芝居小屋では客に怪我人が大勢出たとも聞いたが、志乃と猿婆は無事だった。

團十郎が刺殺された瞬間を、最前列のかぶりつきで目の当たりにしたという。

忍び並みの体術を備えた猿婆も、惨劇を阻むことはできなかった。生島半六の動きはそれほど素早かったし、芝居装束を着けていただけに演出の一部であろうと勘違いしてしまったのだ。

客たちが出口に殺到するなか、志乃たちは落ちついて情況を見定めた。

奇妙に感じたのは、半六を捕まえた者たちの水際だった動きである。

「まるで、惨劇を待っていたかのようでな」

と、志乃は首をかしげた。

捕まえたのは十手を携えた町奉行所の捕吏ではなく、みすぼらしい形の小者たちであった。半六を捕まえるや、あれよという間に裏手へ消えていったのだ。

志乃は舞台に飛びのり、仰向けに倒れた團十郎のそばへ駆け寄った。

掌を翳して息のないのを確かめ、両瞼を閉じてやったという。

そうしたはなしを、宿直明けで御納戸町の家宅へ戻ったときに聞いた。

志乃はことば少なめで、殺しの裏を探るとも探らぬとも言わなかった。

晩になり、求馬は日本橋の芝居町へ足を向けた。

芝居町の一角で團十郎の通夜が催されると聞いたからだ。

志乃と猿婆は行方も告げずに居なくなったので、従者の佐山大五郎だけをともなって家宅をあとにした。

急勾配の浄瑠璃坂を下り、御濠に沿って溜池のほうへ向かう。

日本橋の芝居町は御城を挟んでちょうど反対側に位置するが、芝口から小舟を仕立てれば、堀割を遡っての歩行よりは数倍早く小網町まで達することができる。

主従は暗い夜道をひたすら進み、鏡面のように凪いだ川面を静かに遡った。

思案橋のたもとから陸にあがった途端、息を呑むような光景に出会す。

「ほう、これはすごい」

大柄な佐山が感嘆の声をあげた。

東堀留川に沿った土手道はもちろん、芝居町に通じる道という道、川に架かる橋という橋に、野辺送りの提灯が蜿々と繋がっている。

「さすが、市川團十郎」

当代一の人気者だけあって、その死を惜しむ人々の列は途切れることもなく、土手の遥か向こうまで連なっていた。

春分になったとはいうものの、夜の冷えこみはまだ厳しい。裾を捲りあげる川風は冷たく、じっとしてはいられなかった。

ふたりは提灯の列を追いこし、堺町の横道に逸れて奥へ進む。

そして、町の片隅にある芝居茶屋の敷居をまたいだ。

「すまぬ。おもんどのはおられぬか」

求馬が声を張ると、奥のほうから垢抜けた若年増が顔をみせる。

初見の佐山は、びろんと鼻の下を伸ばした。

「あら、鬼役の旦那」

掠れた声は色気を感じさせたが、目の下には隈ができており、窶れきった様子は否めない。

「お通夜にお越しくださったのですね。初代が身罷っただなんて、誰が何と言おうと、わたしは信じません。『よう、おもん、美味え飯でも食わせろ』、そう言って、ひょっこり顔を出すんじゃないかと、ご飯を炊いて待っているんですよ」

涙ながらの訴えが、切なすぎて貰い泣きしてしまう。

「ご焼香をさせてもらえぬだろうか」

と、脇から佐山が口を挟んだ。

「ようござんす。ご案内いたしましょう」

おもんは黒紋付きを羽織り、白い雪駄を突っかける。

はなしが出ないことから推すと、志乃たちは通夜に訪れていないのだろう。

すっと伸びた背中につづき、行列の先頭がみえる会所のほうへ向かう。

おもんが敷居をまたいで会釈すると、若い者が脇のほうから内へ導いてくれた。

線香の煙に包まれた仏間の入口には、十五、六の若者と看板で目にしたことのある役者が並んで座っている。

「二代目になるお方ですよ」

喪主の大役をつとめる若者は市川九蔵、二代目團十郎の襲名を運命づけられた実子であった。一方、かたわらの後見役は、人気役者の生島新五郎だという。

誰もが知るとおり、新五郎は團十郎を刺した半六の師匠にほかならない。重責を感じているにちがいなく、遺児となった九蔵の師匠となって立派に育てあげる決意をいち早く世間に報せているようにもみえた。

求馬と佐山を面前にして、生島新五郎は少しばかり戸惑っている。

建前上、武家は芝居小屋への出入りを禁じられており、旗本で通夜に訪れる者などいないからだ。

おもんが耳許で何事かを囁くと、新五郎は畳に平伏した。

「鬼役……いえ、公儀御毒味役の矢背求馬さま。本日はわざわざご足労いただき、畏れ多いことにござりまする」

若い九蔵も潰れ蛙のようになった。

列をなした客たちは間隙を縫うように、つぎつぎに焼香を済ませていく。

成田山新勝寺に縁のある僧侶たちが、息継ぎもせずに念仏を唱えていた。

求馬も畳に膝をつき、故人にはひとかたならぬ恩がある旨を伝える。

焼香台の手前には布団が敷かれ、白装束の團十郎が横たわっていた。

薄化粧の施された顔は好々爺のようで、舞台狭しと立ちまわった荒事師の面影は毛ほどもない。それだけになおさら、あの世に逝ったことが嘘のように感じられて仕方なかった。

焼香を終えてご遺体に祈りを捧げ、おもんの導きで会所をあとにする。

「お斎(とき)をどうぞ」

すすめられるがままに芝居茶屋へあがり、奥の部屋で簡易な膳を囲んだ。

酌をしてくれるおもんは、さきほどから何か喋りたそうにしている。

求馬は見抜いていたので、さりげなく水を向けた。

「かたじけない。おかげさまでお顔を拝むことができた。ところで、捕まった半六はどうなったのであろうか」

「山谷堀(さんやぼり)の新町(しんちょう)におりましょうよ」

「新町」

「太鼓屋さんの多いところです」

かたわらに座る佐山が眸子(まなこ)を細めた。

新町の正体を知っているのであろう。

足を向けたこともないが、求馬も知らぬではない。

御城からみれば鬼門(きもん)にあたる丑寅(うしとら)（北東）の方角、吉原遊廓(よしわらゆうかく)へとつづく山谷堀の向こうに「新町」と俗称される穢多(えた)村があった。村に住む者たちは死穢(しえ)と血穢(けつえ)にまつわる役目を一手に引きうけ、生業(なりわい)として馬の皮革を使った武具や日用品の生産に携わっている。

新町の敷地は一万三千五百坪におよび、中規模の大名屋敷よりも遥かに広いという。敷地の南寄りに雄壮な屋敷を構える頭の名は弾左衛門、士農工商の身分から外された者たちの頂点に立ち、幕府から数多くの権限を与えられていた。

なるほど、身分の定かならぬ歌舞伎役者の罪を裁くのは弾左衛門にほかならず、町奉行の許しさえ得られれば罪人の処刑もおこなうことができる。

半六はおそらく、弾左衛門によって詮議され、屋敷内の白洲で裁かれるのだろう。

極刑に処せられることはまちがいあるまい。

詮議によって真相があきらかにされるかどうかなど、御城勤めの求馬にわかろうはずもなかった。

「わたしらのなかでも、頭の顔を目にした者はおりません」

弾左衛門は幕初から引き継がれた頭の名で、今の弾左衛門が何代目かもわからぬし、新町に実在するのかどうかさえ定かではないという。

「つい先だってのはなしです。初代が一度だけ、ぽつんとつぶやいたことがありました。『新町のお頭を怒らせちまったかもしれねえ』と」

おもわず喋ったあとで我に返り、おもんは口を噤んでしまう。

求馬は美川も言っていた「闇」の一端を覗いた気がした。

たとえ、團十郎殺しに関わっていたとしても、弾左衛門を相手取って一戦交えるわけにはいかない。

佐山も目顔で囁きかけてきた。

案じられるのは、志乃と猿婆の動向である。

相手が誰であろうと、調べをすすめようとするに決まっていた。

志乃たちの関わり方次第では、求馬も腰をあげざるを得ぬだろう。

「さきほどのはなしはお忘れください。たぶん、半六さんは初代を逆恨みしたんだとおもいます」

おもんは慌てたように言い訳をする。

半六は贔屓筋の女房と懇ろになり、なかば公然と密通を繰りかえしてきた。密通は天下の法度ゆえ、公儀の知るところになれば市村座にも悪い影響がおよびかねない。事と次第によっては芝居の上演を止めさせられる恐れもあるため、團十郎はみなのまえで半六を厳しく叱りつけたことがあったという。

おそらく、そのことを根に持っていたのだろうと、おもんはみずからに言い聞かせるように繰りかえす。

歯切れが悪いのは、本心から出たことばではないからだ。

それくらいの察しはつく。

ともあれ、求馬はおもんの気遣いに感謝し、ひとまずは芝居茶屋をあとにするしかなかった。

三

翌夕、城内笹之間。

二の膳の手前に置かれた七宝の平皿には、鱚の付け焼きが載っている。

目玉の脇に箸の先端を差し入れ、わずかに挟んだ身の欠片を口に入れた。

毒の有無を舌で吟味し、味わいもせずに呑みこんでしまう。

すでに、一の膳の毒味は終えていた。汁は白身魚のつみれ、向付は甘鯛の刺身に酢の物だった。煮物は大名家から献上された天王寺蕪と尾張大根の輪切り、いずれも味噌煮である。さらに、二の膳の吸い物は鯛の擂り身に木の芽和え、置合わせは蒲鉾と玉子焼、お壺は定番の鱲子であった。

求馬は懐紙で鼻と口を隠し、自前の杉箸を器用に動かす。このとき、睫毛の一本でも皿に落ちたら、叱責どころでは済まされない。一連の動作をいかに短く的確におこなってみせるかが、鬼役の腕の見せどころなのだ。
向かいあった相番席には、師匠格の皆藤左近が座っている。南雲五郎左衛門亡きあと、秋元家留守居の室井作兵衛から「皆藤を鑑にせよ」と命じられた。南雲の薫陶を受けているだけに、皆藤の所作は一分の隙も無く、求馬はいつもみずからの至らなさを痛感させられた。

所作の良し悪しなど、自分では判断できない。判断するのは面前に座る皆藤であり、皆藤の仕種をみればたちどころに欠点はわかる。黙然と座っているだけだが、眸子を細めるちょっとした仕種や握った扇の揺らし方などで察することができるのだ。

当初は緊張で指先まで震えそうになったが、このところはそうでもない。皆藤の御墨付きを得たものと、求馬は自分なりに解釈していた。

如月は城内の行事が立てこんでいる。参勤交代で国元へ帰る諸大名にたいし、綱吉は直々に御暇を告げねばならない。内書渡りと称される歳暮へのお返しや彼岸の雑事もある。先だっての上丁の釈奠には湯島聖堂の大成殿に太刀馬代が献じられ、城内でも大掛かりな講書始が催された。学問好きの綱吉は月の終わりまで催しをつづけさせるつもりらしく、表向も中奥も何かと忙しない。

ただし、笹之間だけは閑寂としている。広い城内でこの部屋だけが喧噪からぽつんと取り残されたかのようで、かつて慈雲禅師のもとで剣と禅の修行を積んだ青雲寺の道場を思い起こさせた。

毒味はまだ終わっていない。

月次の吉日には、鯛の尾頭付きが出される。

音も無く襖が開き、小納戸方の配膳係が恭しく白木の三方を運んできた。

目の下三尺（約九〇センチ）近くの真鯛が、奉書紙のうえに置かれている。

皆藤は微動だにしない。

求馬は表情も変えず、箸の先端で丹念に骨を取りはじめた。

適度に身をほぐし、頭、尾、鰭の形状をほとんど変えずに、すべての骨を抜きとらねばならない。尾頭付きの骨取りこそが鬼役最大の難関にほかならず、誰しもが「稀なる至難の業」と主張する作業を表向きは平然とこなすのである。

それができねば笹之間への出入りは禁じられ、皆藤の面前に座ることは許されない。

たとえば、噂好きの美川彦蔵が相番のとき、求馬は尾頭付きの骨取りを任せる勇気が出なかった。皆藤は知ってか知らずか、美川を笹之間から追いはらおうとはしない。それはおかしいだろうと疑念を抱く余裕もなく、求馬はただひたすら毒味作法の精進を重ねてきた。

尾頭付きの毒味が無事に終わると、三方は配膳係の手で奥へさげられた。

皆藤は煙が立ちのぼるかのごとく立ち、ひとことも発せずに部屋から出ていってしまう。

ほうっと、求馬は息を吐いた。

嬰児（みどりご）を産みおとした母親のごとき顔だなと、美川に笑われたことがある。

おそらく、そんな表情をしているのだろう。

尿意を催したので、部屋からそっと抜けだした。

廊下は綱吉の拠（よ）る諸座敷と繋がっており、老中も若年寄（わかどしより）も鼻先の土圭（とけい）之間廊下を曲がって唐突にあらわれる。お偉方との鉢合わせだけは避けたいので慎重に足を運び、廊下を足早に進んでいく。

右手には老中より席次が上になった柳沢美濃守吉保（やなぎさわみののかみよしやす）の御用部屋があり、左手には小姓衆（こしょうしゅう）や小納戸衆（こなんどしゅう）の詰所が並んでいた。さらにさきへ進めば、右手奥に庖丁人（ほうちょうにん）たちが気張ってはたらく御膳所（ごぜんしょ）があり、炭置（すみおき）部屋などを通り抜けると、中奥勤めの役人たちが出入りする御台所口に行きついた。

三和土から庭草履を履いて砂地を進めば、途中で臭気に鼻を衝かれる。

昼でも薄暗い厠の狭間には、人の気配がわだかまっていた。

「夕餉の毒味を終えたな。ふふ、今宵もどうにか首が繋がったとみえる」

声の主は土田伝右衛門、公方の尿筒持ちを家業にする公人朝夕人であろう。

裏では間諜の役目も負っているので、城内を自在に行き交い、忘れたころに忽然とあらわれる。求馬が苦い顔になったのは、隠密御用の橋渡し役である伝右衛門を鬱陶しいと感じているからだ。

「今宵、御用之間へ」

囁きだけを残し、気配はふいに消えた。

厠の奥に秘密の抜け道でもあるのだろうか。あるなら教えてほしいものだが、今宵みなが寝静まったころ、夜陰に紛れて中奥の深いところまで足労せねばならなくなった。

御用之間は楓之間の奥にある隠し部屋、公方と数人の近習しか出入りできない。笹之間からは何しろ遠く、御座之間の脇から萩之廊下を渡り、御休息之間と御小座敷の脇を進み、さらに御渡廊下を渡っていかねばたどりつけなかった。

夜廻りの目を盗み、床の軋みを避けつつ、命懸けで密命を賜りにいくのである。

何故、毎度わざわざ隠し部屋へ導こうとするのか。それしきの難事を乗りこえられねば、密命を果たす技倆はないとでも言いたいのか。山とある文句を口に出しても届かぬことはわかっているので、黙ってしたがうしかなかった。

鬼役が厄介な密命を与えられることは、皆藤も知らぬはずはない。おそらく、密命を下される立場に長らく就いていたのだろう。ただ、皆藤は肝心なことは口にしない。黙って御役目を果たせと暗に叱責されているようで、伝右衛門が厠にあらわれたときだけは「鑑」とすべき皆藤を恨んだ。

ともあれ、宿直部屋でまんじりともせずに座りつづけた。

五つ刻（午後八時）には夜の総触となり、綱吉は上御鈴廊下から大奥へと渡っていく。夕餉を大奥の御小座敷でとり、そのまま朝を迎えるのだ。就寝は五つ半（午後九時）と定められ、奥坊主たちが各部屋へ「もー」と触れてまわる。この「もー触れ」以降、当番の小姓以外は御小座敷より奥へ足を踏みいれることが許されない。

亥ノ刻（午後十時）を過ぎれば咳ひとつ聞こえなくなり、真夜中の子ノ刻（午前零時）を過ぎれば中奥は漆黒の闇に塗りこめられた。

求馬は褥から抜けだし、音を起てぬように廊下へ踏みだす。

抜き足差し足で進み、立ち止まっては詰めた息を吐きだし、見廻りの気配に耳を澄ませた。床の軋みを避けて廊下の端を歩き、どうにか萩之廊下を渡りきる。床は氷のように冷たい。御休息之間を過ぎたあたりで、見廻りの気配が近づいてきた。

ふと、室井の密命で中野の御犬小屋へ忍びこんだときのことが思い出される。何万という野犬が囲われた柵の奥から、孫次郎という者を救いだせという密命だった。苦労して忍びこんではみたものの、奥の小部屋に人はおらず、俤と称される女面だけが置いてあった。能面の作者が孫次郎だと察し、地団駄を踏みたくなったのだ。

鬼役になる以前も以後も、いつも誰かに試されている。

舌打ちをしたくなったが、今は自重せねばなるまい。

物陰に潜んで見張りをやり過ごし、さらに奥へと進んだ。

楓之間にたどりつき、襖を少しだけ開けて忍びこむ。

ひい、ふう、みい、よ……。

胸の裡で数え、暗闇のなかを左手の床の間へ向かった。

壁に掛けられた軸の脇に紐が垂れさがっており、紐を引けば芝居仕掛けの龕灯返しさながら、壁が上下にひっくり返るように細工されている。

わずかに震える手を伸ばし、紐を握って引いた。

――ぶわっ。

風音とともに、床の間の壁がひっくり返る。

奥の黴臭い部屋は、四畳半ほどの広さであろうか。

低い位置から覗く壺庭の端には、黄金色の金縷梅が咲いている。

こほっと空咳が聞こえ、行燈が灯された。

求馬は平伏し、畳に額を擦りつける。

「遅いぞ」

嗄れた声で咎められた。

声の主は有明行燈をそばに寄せ、丸眼鏡の底の小さな眸子を瞬いてみせる。

小姓組番頭格、橘主水であった。

第三代家光公の遺言により、隠し部屋への出入りを許されているという。「綱吉公にとってみれば、口うるさい幽霊のごときもの」と自嘲してみせるが、疾うに還暦は過ぎていようし、値の張る骨董品のごとき人物と心得ていた。

「志乃は息災か」

「はっ」

「あのじゃじゃ馬を飼いならすとはな。ただの土臭い山出し者だとおもうたが、どうやら、そうでもないらしい。さればさっそく、密命を与えよう。五十崎玄蕃なる牢人を始末せよ」

「えっ、お待ちを。牢人にござりますか」

「そうじゃ。牢人では不服か」

「……い、いえ」

「『今将門』を名乗る不届き者じゃ。ふん、知らぬのか。巷間を騒がせる無頼の頭ぞ。掛け値無しの悪党ゆえ、探索も詮議も無用じゃ。みつけ次第、ずんばらりんと斬って捨てよ」

「……ずんばらりんと仰せになっても」

「できぬと申すか」

「……お、畏れながら」

「確たる理由もなく人を殺めたくはありませぬ、か。ふん、さような泣き言は通用せぬぞ。これは御府内の溝浚いじゃ。四の五の言わず、悪辣非道な輩に引導を渡すがよい」

ふっと、行燈の火が吹き消された。

深い闇と沈黙に耐えきれず、求馬は畳に平伏すや、そそくさと穴蔵から逃げだした。

四

御家人から旗本に昇進できる者などほんのひと握りにすぎず、密命を課されるのはごくかぎられた者だけだ。選ばれたことを誇りにおもい、疑念など抱かずに命じられた役目に邁進せねばならぬ。それこそが禄を食む者の忠義ではないかと、みずからに言い聞かせても、わかりました、何も考えずに人を斬ります、とはならない。

胃ノ腑が痛くなったので、印籠から丸薬を取りだして呑んだ。

旅人ならばたいていは常備している越中富山の反魂丹、死者を蘇生させる

「反魂」という名を付けられた生薬の成分ならば、容易に諳んじてみせられる。
「龍脳、牽牛子、枳実、枳殻、胡黄連、丁子、木香、黄芩、連翹、黄連、縮砂、乳香、陳皮、青皮、大黄、鶴虱、三稜、甘草、赤小豆、蕎麦、小麦、麝香、熊香、白丁香、雄黄、辰砂……」

よどみなく口ずさむことができるのも、鬼役修行の賜物であろう。

されど、眠くなるための呪い以外には何の意味も無い。胃の痛みを抱えて寝床にはいり、浅い眠りから目覚めたのは、東涯がいまだ明け初めぬ頃だった。

明け六つ（午前六時）の入込になれば一斉に掃除がはじまり、中奥の廊下は騒々しくなる。綱吉は大奥で目を醒ましたのち、いったんは中奥の御休息之間上段へ戻り、手水で顔を洗ってから月代と髭を小納戸方に剃らせ、御髪番に髪を結わせながら奥医師らの脈診が仰々しくおこなわれる。さらに、大奥の御仏間で歴代将軍の位牌を拝み、四つ（午前十時）ちょうどに大奥の御小座敷で総触を済ませたのち、中奥に戻ってから朝餉の膳に向かうのである。

求馬は朝餉の毒味御用を済ませ、下城の支度を整えた。

胃痛は治まったものの、俯き加減に廊下を渡り、御台所口から外へ出る。

曇天のもと、遠侍に通じる玄関を背にし、中雀御門を通り抜けて石段を降りた。広大な中之御門内は持組の番士たちが守っており、十月前まで就いていた役目だけに見知った顔もいくつかあった。こちらが気軽にお辞儀をすると、向こうは深々と腰を曲げる。旗本と御家人とでは住むところがちがうと言われているようで、淋しいおもいを抱かざるを得なかった。

後ろ髪を引かれるおもいで中之御門を潜り、横に長い百人番所の前を通って三之御門へ向かう。枡形の三之御門を通過すれば、すぐさきに下乗橋があり、橋を渡って御濠沿いに右手へ進めば、桔梗御門とも称される内桜田御門へたどりついた。

濠の向こうには石垣が積まれ、流麗な石垣のうえには富士見三重櫓が聳えている。いつものように足を止め、滞りなく毒味御用を終えられたことに感謝しつつ、櫓に向かって頭をさげた。

雲間からは朝陽が射しこみ、櫓の甍を黄金に煌めかせている。

内桜田御門を潜れば、雄壮な大名屋敷の甍が左右にみえた。

厳めしい御門の脇から、臼のような人影が近づいてくる。

「殿、ご苦労さまにござります」

従者の佐山大五郎だ。

志乃に貰った笹穂の槍、矢背家伝来の備前太夫則宗を右手に提げている。紛うかたなき名槍を手に入れた理由は、佐山が類い希なる投げ槍の名手だからであった。矢背家に骨を埋める覚悟と引換えに家宝の槍を手にして以来、送り迎えの際はかならず携えてくる。

「お方さまと猿婆どのは、昨日から御屋敷を留守にしておられます。團十郎殺しを調べているものとおもわれますが、いったい何処をどうやってお調べなのやら」

皆目見当もつかぬと、佐山は困惑顔で告げる。

ふたりの動向も気になるが、今は密命のことで頭がいっぱいだった。

勘のよい佐山はそれと察し、ことさら明るい調子で尋ねてくる。

「丸眼鏡の橘さまから、無理難題を申しつけられましたか」

「牢人を斬れと命じられた」

「牢人」

「名は五十崎玄蕃。掛け値無しの悪党らしい」

「五十崎玄蕃という名なら、存じあげておりますよ。居場所の見当もつきます」

「まことか」

「ええ。よろしければ、今から顔を拝みにまいりましょうか」

何処へとも言わず、佐山は勝手に歩きだす。

向かったさきは帰路の半蔵御門ではなく、左手にある日比谷御門のほうだった。日比谷御門を潜って大名小路を突っ切り、道三堀を越えて神田橋御門から鎌倉河岸にいたる。駿河台の脇道を通って神田川に架かる昌平橋をめざし、橋を渡ってからは下谷広小路へ向かい、寛永寺の寺領を左手に眺めながら寺町の狭間を抜けていく。

かなりの道程だが、健脚の求馬はさほど長くも感じなかった。

五十崎はみずからを「今将門」と名乗り、朝廷に弓を引いて荒人神となった平将門の再来であると吹聴しているらしい。

「穢れた町を浄めるなどと豪語し、徒党を組んでは広小路や花街を荒らしまわっておるようですが、それがしの見立てでは、ただの悪党にござります」

佐山は息を弾ませ、興奮気味に喋りつづける。

「ただし、見逃せぬことがござりましてな」

「ほう、何であろうな」

「はい、五十崎は六年前に改易にされた水野家の元家臣だそうです」

備後福山藩十万一千石を治めた水野家は徳川家恩顧の譜代大名であったが、家督を継いだ幼い藩主が御目見得にあがる道中で急逝し、継嗣を定めておかなかったために無嗣改易となった。

家臣の数はざっと二千人におよび、一族郎党もふくめれば大勢の者たちが路頭に迷うことになる。当時は杓子定規な裁定を下した公儀に抗って、福山城に籠城する家臣もあったという。紆余曲折を経て、水野家は能登に一万石の所領を与えられ、形ばかりの命脈を保つこととなったが、下野を余儀なくされた家臣たちはその多くが牢人となり、食い扶持を求めて江戸へも大勢が集まってきた。

「巷間に散在する牢人のなかでも水野家の元家臣たちは結束が固く、骨のある連中が多い。聞けば、五十崎は福山城に籠城した口らしく、同じ境遇におかれた牢人たちからの信望は厚いとか。水野家の元家臣たちが中核となり、江戸じゅうの牢人どもがひとつにまとまれば、公儀にとっては看過すべからざる勢力となりましょう」

幕府にとって大名家の取り潰しは、もはや、施策のひとつと化しているやにおもわれた。参勤交代によって財力を殺ぎ、改易をちらつかせて抗う気力すら失わせる。為政者にしてみれば理にかなった手管かもしれぬが、禄を失った陪臣たちは牢人となり、幕府への恨みを抱えたまま細々と食いつなぐしかない。個々の力は矮小だが、まとまれば無視できぬ勢力に膨れあがる。事実、幕府の屋台骨が大きく揺らいだ牢人叛乱があった。第三代家光が逝去した年、慶安四年（一六五一）に江戸で勃こった由井正雪の乱である。

それだけではない。昨年の秋口にも、吉良上野介に縁ある者が喜連川家を乗っ取り、牢人狩りで捕まった者たちを先導して綱吉に抗おうとした。そのとき、牢人たちをまとめあげた首領格も、水野家の元家臣であった。

牢人たちは武装し、綱吉が儒学の講義で出向いていた秋元家の下屋敷へ迫った。されど、綱吉が牢人たちと真剣に向きあったことで、どうにか鎮まったのだった。直々に牢人たちへの説得を試みてほしいと訴えたのは、元鬼役の南雲五郎左衛門である。みずからの命と引換えに諫言をおこない、牢人たちの命と幕府の沽券を守ったのだ。

水野家の元家臣と聞いて胸が騒ぐのは、切腹した南雲を介錯したときの記憶があまりにも鮮明だからであろう。

「それがしとて、牢人たちの気持ちがわからぬではありませぬ」

佐山は四年前まで、伊達家の馬廻り役を務めていた。仙台の本家ではなく、支藩の中津山藩を領していた水沢伊達家のほうである。同家は酔った旗本に行列の供先を割られるという不運な出来事がきっかけとなり、改易の憂き目をみた。殿さまは何処かに幽閉され、家臣たちは路頭に迷う羽目になったのだ。

　牢人暮らしで数々の辛酸を嘗めた佐山は、御政道に恨みを持つ者たちの気持ちが痛いほどにわかるという。それゆえ、牢人たちの行く末を案じる気持ちが人一倍強く、五十崎なる者の行状にも注目していたらしかった。

「噂だけで、人となりや信条はわかりませぬ。面と向かってみれば、五十崎なる者がどれだけの器量か、たちどころに判明いたしましょう」

「そうだな」

　まずは会ってみることだと、求馬はみずからに言い聞かせた。

　橘主水は許すまい。有無を言わせず、斬り捨てよと命じられているのだ。のんびり会話を交わしたことが知れたら、役目を外される恐れもあった。

「噂どおりの悪党なら、夜が更けてから立ちもどって成敗すればよろしかろう。殿がわざわざ出張らずとも、拙者が代わりをつとめまする。されど、事はそう簡単に運びますまい」

「どうして」

「五十崎は『今将門』を名乗るばかりでなく、とある筋から乞胸頭の御墨付きを得たと豪語しておるようで」

「乞胸頭」

「乞胸頭は盛り場で雑芸をやる輩の束ね役にございます」

牢人を囲いこむ意図もあったのか、乞胸という括りは由井正雪の乱が鎮められた直後にでき、長嶋磯右衛門なる者が代々の頭をつとめてきたらしい。

「五十崎はその長嶋某を力でねじ伏せ、乞胸たちが身を寄せる寺町の一角を占有しておるようなのです」

槍を提げた佐山の風体は、由井正雪の右腕と目された丸橋忠弥を髣髴とさせる。

五

ふたりが足を踏みいれたのは寛永寺の寺領にもほど近い下谷山崎町、ぐれ宿と称される平屋が軒を並べる猥雑な露地裏であった。

――ほー、ほけきょ。

聞こえてくるのは、鶯の鳴き声であろうか。

皇族から寛永寺の貫首に任じられた公弁法親王は、都から遠く離れて暮らす淋しさを紛らわすために、数千羽の鶯を都の郊外からわざわざ江戸表へ運んでこさせた。鶯の棲みついた根岸界隈は初音を楽しむ行楽地となり、人々から鶯谷と呼ばれるようになったという。

おおかた、鶯谷から飛来したはぐれ鶯が鳴いているのだろうとおもったが、どうやらそうではないらしい。

「あれは物真似でござる」

と、佐山が笑う。

乞胸のなかには動物や鳥の鳴き真似を得手とする者がおり、下谷の広小路や浅草寺の奥山などで聴き料を得ていた。

「聴き料か」

「物真似だけではありませぬ。綾取りと申す玉投げや皿まわしの辻放下もおれば、猿のまねをして笑わせる猿若や人形遣いもいる。自慢の喉で説教節を聴かせる者、軽妙に『太平記』を語る辻講釈、三味線を巧みに掻き鳴らす浄瑠璃などもおります」

芸を披露して通行人から銭を貰う。稼ぎは「勧進」と呼ばれる喜捨にほかならず、そうした連中は物乞いで食いつなぐ非人と同等にみなされる。

佐山によれば、非人は身分の序列から弾きだされてしまった者たちのことだという。稼ぎを得る手段がなく、誰かのほどこしをあてにするしかない。物乞いで食いつなぐしかない者が非人であり、明確な役割を持つ穢多とは厳格に区別されていた。

喜捨を得るという意味では、出家の風体で遊行する願人との線引きが難しい。要は世間の役に立たぬとされる者、立ってはならぬとされる者のことを非人と呼び、改易などで禄を失った牢人も他人のほどこしを受ければ非人にされるのだと、佐山は言う。

由井正雪の乱が収束すると、牢人たちのなかから芸を披露して稼ごうとする者たちがあらわれた。そうした連中が既存の非人と揉めれば、非人頭の制御が利かなくなる。潰れ百姓や町人ならばいざ知らず、幕府としても謀反の恐れがある牢人を放っておくわけにはいかない。そこで、乞胸という新たな括りを設けて牢人どもを囲いこみ、侍以外の者たちとともども非人頭の下に置いたらしい。

「毎月、頭に四十八文の鑑札代を払えば、広小路や寺社の門前などで銭を得ることはできます。それがしもひもじさに耐えかね、ぐれ宿の住人になろうかと足を向けたことがありました。居合抜きの芸をみせて客を集め、薬を売るという稼ぎもござりますからな。されど、侍の矜持が許さなかった。武士は食わねど何とやらにござります」

佐山のように幕臣の従者に採用される牢人など、ほんの一握りにすぎない。乞胸になりたくない牢人は金貸しの用心棒か辻強盗になるしかないのだと、佐山は溜息を吐く。

「何せ、牢人よりもお犬さまのほうが手厚く守られる世にござります。居場所を失った侍の生き辛さは、ことばでは喩えようのないものにござる」

たしかに、自暴自棄になりたくなる気持ちもわからぬではない。

だからといって、求馬には安っぽい同情をかたむける気はなかった。

橘の命にしたがい、五十崎玄蕃が悪党とわかれば斬るしかあるまい。

――ほー、ほけきょ。

鶯の鳴き声を真似ていたのは、朽ちかけた平長屋の三畳間を借りて住む白髪の老人だった。

ぐれ宿という呼称の由来は判然としない。宿というだけあって、乞胸頭に家賃を払わねばならず、畳一枚から貸し布団まで値段が定められているという。破れ屏風を立てて雑魚寝をする大部屋もあれば、ふた部屋に竈のついた個部屋もあり、さほど広くもない敷地に密集する建物には、常時、千人近くが暮らしているらしかった。

狭い路地裏には、走りまわる子らの歓声も聞こえてくる。

「わああ、鬼じゃ、鬼が来るぞ」

逃げまわる子どもたちを追いかけ、派手な格好の侍がどたどた駆けてくる。

逃げおくれた芥子頭の童子をひょいと片手で抱きあげ、大きな口で「ぬおっ」と、熊のように唸りあげてみせた。

「わしは鬼じゃ。悪がきは食うてやる」

雲を衝くような大男で、子どもらの目には化け物にしかみえぬであろう。

抱かれた童子は泣きだし、ほかの子らは手足を震わせる。

求馬は身を乗りだした。が、佐山に後ろから肩を摑まれた。

「ご覧なされ。小童どもは生き生きしておりまする」

「えっ」

「遊んでおるのですよ」

佐山の言うとおりだった。子どもたちは鬼に見立てた大男と遊んでいるのである。

「がはは、さあ仕舞いじゃ。家に帰って、母さまの手伝いをしろ」

鬼は大笑し、解放された童子は抜け裏へ逃れていく。

すでに、佐山は鬼の正体を見破っていた。

「おぬしが『今将門』なのか」

一歩進んではなしかけると、相手は「ふん」と鼻を鳴らす。

どうやら、五十崎玄蕃という男のようだ。

隙の無い所作から推すと、剣術の力量もかなりのものにちがいない。

「わしは不動明王を奉じる身だけに、その呼称が嫌いでな。まわりの連中が勝手に呼ぶゆえ、少々困っておるのさ」

「ほう、おのれで名乗っておるのではなかったのか」

「あたりまえだ。平将門を気取って御政道に抗う気など微塵もないわ」

それを聞いて、求馬は少しばかり残念におもった。

堂々たる風貌から、命知らずの反骨漢を想像したのだ。

「御上は落ちぶれた侍を救おうとせぬ。なるほど、無慈悲で理不尽な世の中だが、わしにとっての一大事は空腹を満たすこと。世の中をひっくり返そうなどとは、これっぽっちも考えておらぬわい」

「ならば、何故に『今将門』と呼ばれておるのだ」

「ふん、たいしたはなしではない」

年明け早々、平将門を祀る筑土八幡の境内で物真似の一家を助けたことがあったという。

「一家は鑑札を持たずに銭を稼ごうとしたらしく、乞胸頭の手下どもから袋叩きにされておった。あまりに酷い仕打ちゆえ、わしは怒りにまかせて渦中へ躍りこみ、十人余りの手下どもを素手で叩きのめしてやったのだ。そうしたら、野次馬どもが勝手に『今将門』と呼びはじめた」

「人助けをして、とどのつまりが、ぐれ宿住まいか」

「筑土八幡の一件を、噂で聞きつけた者がおってな。わしのもとにあらわれ、金をやるから、乞胸頭にならぬかと誘われた。腹を空かしておったゆえ、ふたつ返事で請けおったのさ」

「誰に誘われたのだ」

「それは言えぬ。見ず知らずのおぬしらにはな」

名乗ろうとする求馬を止め、佐山が前面に立ってつづけた。

「故あって名乗ることはできぬ。されど、わしとおぬしは似た者同士だ。おぬしは水野さまの家中であったと聞いた。わしも数年前まで、取り潰しになったとある藩で禄を食んでおった。牢人暮らしも味わった口でな」

「されど、おぬしは後ろの月代侍に仕える身分を手に入れたのであろう。偉そうに槍なんぞ提げて、ぐれ宿暮らしのわしとは雲泥の差だ。わしを嗤いにきたのなら、早々に引き取ってもらおう。それとも、誰かに命じられ、わしを斬りにきたのか。刺客なら、相手になってやるぞ」

「まあ待て」

佐山は額を指で搔いた。

「五十崎よ、おぬしのはなし、ちとおかしくはないか」

「ふん、何がおかしい」

「乞胸頭は世襲と聞いたぞ。何処の者とも知れぬ牢人が任せられるようなことはあるまい」

「わしもそうおもった。乞胸頭の上には非人頭の車善七がおり、非人頭の上には穢多頭の浅草弾左衛門がおる。得体の知れぬ連中が黙っておるはずはなく、そ信ありげに言うた。恵まれぬ者たちの暮らしを少しでもよくしてほしいと真顔で頼まれてな。町奉行の御墨付きまで頂戴したら、受けぬわけにもいくまい」

佐山は眉に唾をつける。

「町奉行の御墨付きだと。それは本物なのか」

「知らぬわ。されど、丹羽何たらとか抜かす中町奉行の名が末尾に記されてあった。乞胸頭はひとりではない。日の本津々浦々に何人もおるそうだ。芸のできる非人は江戸府内の随所に散らばっておるゆえ、頭がふたりになっても支障はあるまい。さように口説かれれば、納得できぬはなしでもなかろう。ともあれ、わしは長らくここに留まる気はない。まとまった金を手にしたら、早々におさらばするつもりさ」

ぐれ宿を見張っていれば、妙な願いをした者の正体も判明するであろう。

これ以上は喋らぬとでも言いたげに、五十崎は恐い顔で口を噤む。

求馬は引き時と察し、佐山の袖をつんと引いた。

六

佐山を見張りに残し、ひとりで御納戸町の家宅へ戻ると、志乃が茶飯（ちゃめし）を炊いて待っていた。

鰺（あじ）の一夜干しに白魚（しらうお）の釜茹（ゆ）で、蕗（ふき）の薹（とう）に塩茹での蚕豆（そらまめ）もあれば、蛤（はまぐり）の吸い物まで湯気を立てている。白魚や蕗の薹は旬だし、桃の節句に食す習慣の蛤は初物だ。そもそも、猿婆ではなしに志乃が膳の支度をしてくれたことに、求馬はえも言われぬ感動をおぼえた。

さっそく、食べてみる。

京風なのか、どれも塩味が足りない。

それでも、求馬は本心を面に出さず、美味そうにすべてを平らげた。

「いやあ、美味かった。御膳所に招きたいほどの腕前だ」

余計なひと言を発した途端、ぎろりと志乃に睨まれる。

本心を見透かされたとおもい、心ノ臓が止まりかけた。

「もう作らぬゆえ、安堵（あんど）するがよい」

「えっ」

「繕うても無駄じゃ。顔に味が薄いと書いてあるわ」

「……そ、そんな」

「まあよい。飯のことなんぞ、どうでもよいわ。團十郎どのは、猿婆を助けてくれた恩人じゃ。恩に報いるためには、殺しの真相を暴かねばならぬ」

「いかにも、それこそが供養になりましょうな」

志乃に面と向かうと、独り身の頃の癖が抜けぬせいか、時折、丁寧な口調になってしまう。一方、志乃はあいかわらず目下に対するような態度を取りつづけているが、家のなかではこうした立ち位置のほうが気楽でよいと、求馬は安直に考えていた。

厄介なのは、志乃が時折、猫撫で声で甘えてきたりすることだ。今日のように飯を作ることはなかったが、すこぶる機嫌のよいときなどは甲斐甲斐しい妻の一面を垣間見せたりする。求馬はどぎまぎし、すっかり心を奪われてしまうのだ。

「おい、聞いておるのか」

我に返ると、志乃の般若顔が鼻先にあった。

「團十郎どのを刺した半六は、芝居の金主でもある贔屓筋の女房と密通しておった。それを咎められて逆恨みしたせいで刺されたと聞いたが、どうやら、殺しの真相は別にあるようでな。おぬしに手伝う気があるなら、はなしをつづけてもよいぞ」

「無論、手伝うつもりでおります。どうぞ、つづきを」

「贔屓筋は本郷菊坂町に大きな店を構える蠟燭問屋でな。主人は会津屋五兵衛、女房はおかつと申す」

　薹の立った女房が贔屓の役者に入れあげ、さんざん貢いだあげく、褥をともにする仲になった。そこまではよくあるはなしで、揉めても内輪でうやむやにされる。何せ、世間に露見すれば、恥を掻くのは甲斐性の無い主人のほうだ。

「されど、会津屋五兵衛という男、面の皮の厚いとんだ食わせ者のようでな」

「ほう」

　五兵衛は好色な男で、外に妾を何人もつくっていた。女房のおかつは淋しさを紛らわせるため芝居にのめりこみ、半六と懇ろになったのであろうと、志乃は冷静に筋を描く。

「つまり、五兵衛はおかつに何ひとつ未練がない。離縁状を書いてやれば済むはなしだったが、そうはならなかった。しかも、五兵衛は半六本人でなく、市川團十郎という芝居小屋の屋台骨を支える大立者（おおだてもの）と談判におよんだ」

　ふたりが秘かに談判した事実を、志乃と猿婆は調べあげていた。

「何が話し合われたのかはわからぬ。されど、談判のすぐあと團十郎どのは、とある場所へ向かった」

「何処にござりましょう」

「浅草の新町じゃ」

「えっ」

「存じておるのか」

「はなしだけは」

　知らぬとおもっていたのか、志乃はふうんという顔になる。

「團十郎どのは新町に出向き、頭の弾左衛門に会わねばならなかった。いったい、何をはなしたのか。猿婆に今、それを調べさせておる」

「猿婆は新町に潜っておるのですか」

「ふふ、野良着でも纏（まと）って気配を消せば、誰も気づくまい。ともあれ、團十郎どのは弾左衛門と何かをはなしたあと、芝居町に戻ってきた。そして、半六を呼びつけ、内々に破門（はもん）を申し渡したそうだ」

「破門」

「さよう、何人かが立ちあっておる」

團十郎が刺されたのは、破門の申し渡しがあった翌日だったという。

「半六はたぶん、内済程度の火遊びと軽く考えていたのであろう。ところが、破門という厳しい沙汰を食らった」

逆上して匕首を握るしかなかったというのが、その場に立ちあった者たちの見立てらしかった。

「破門にならねば、匕首を握ることもなかったと」

「おそらくな」

團十郎は弾左衛門のもとへ行き、話し合いの甲斐もなく、半六を破門せざるを得なくなった。そうだとすれば、内儀のことで何らかの条件を持ちこんだ会津屋五兵衛の動きが遠因になったと言えなくもない。

「破門の申し渡しには、半六の師匠にあたる生島新五郎も立ちあっていた。新五郎に会って直に聞いたはなしだが、凶事のあった日の朝、半六は役を失っても化粧鏡に向かって、おもいつめた顔でつぶやいていたそうだ。『殺らなきゃ殺られる』とな」

「殺らなきゃ、殺られる」

「誰かに焚きつけられたのかもしれぬ」

「いったい、誰に」

新五郎は聞き違いかもしれぬと前置きしながらも、志乃にそっと教えてくれたらしかった。

「『将門の怨霊に殺られる』と、半六は低声でつぶやいたそうな」

「げっ」

過剰な反応に、志乃は小首をかしげる。

「どうした、何か心当たりでもあるのか」

「あっ、はい」

「歯切れの悪い物言いじゃな。もしや、丸眼鏡の爺さまが関わっておるのか」

「ご指摘のとおり。今将門と呼ばれておる牢人を斬れと命じられました」

「で、斬ったのか」

「いいえ」

「密命であろうが。斬らぬ理由は」

強い口調で責められ、求馬はしどろもどろになってしまう。

「会ってはなしを聞いたところ、悪人とはおもえませなんだ」

「ふん、それだけの理由か。あいかわらず、甘いやつだな」

「五十崎玄蕃と申す水野家の元家臣にござる。佐山に案内させて訪ねたさきは、下谷山崎町のぐれ宿でした」

「乞胸の塒か。なるほど、弾左衛門とも結びつくな」

「筑土八幡の境内で、もぐりの物真似の一家が袋叩きにあっていたところ、おもわず助けたのがきっかけで誰かに声を掛けられ、乞胸頭にならぬかと誘われたとか」

「声を掛けた誰かとは」

「佐山に調べさせております」

「ふうむ、丸眼鏡が何故にその牢人を斬れと命じたのか。考えるべきは、そこであろうな」

　橘の密命は公方綱吉の上意と考え、悪事がつまびらかにされれば、たとえ相手が老中であろうと引導を渡さねばならぬ。鬼役はそれほどの大役を担う者という矜持があるゆえか、志乃も本心では牢人ごときを斬らねばならぬ理由を穿鑿したいようだった。

「ひょっとすると、弾左衛門から公儀のしかるべき筋へ依頼があったのやもしれぬ」

「弾左衛門にござりますか」

「さよう、何処の者とも知れぬ牢人を乞胸頭にすることはできぬ。まずは、乞胸頭から非人頭の車善七に依頼があり、車善七の依頼を穢多と非人を束ねる弾左衛門が取りあげた」

弾左衛門の力とは、幕閣のお歴々を動かすほど強いものなのだろうか。

「強い。あの者の力を侮ってはならぬ」

しかるべき筋から綱吉の耳にはいり、綱吉の意図を汲んだ橘が鬼役を使うという判断を下したのだろうか。

「あり得ぬはなしではなかろう」

橘主水の密命と團十郎殺し、はたして、このふたつに接点があるのかどうか。

あるとすれば、それこそが探し求めるこたえのような気がしてならない。

「團十郎どのは成田山新勝寺と関わりが深い。そもそも、新勝寺が創建されたのは、荒人神と化した将門の怨霊を大日如来の法力によって鎮めるためじゃ。五十『今将門』と称される輩が巷間に出てきおったのも、何かの因縁であろう。

崎なる牢人が鍵を握っておるのやもしれぬぞ」

嬉々として発する志乃のことばを、求馬は頭のなかで反芻した。

何かがわかったようでいて、じつは何ひとつわかっていない。

ただ、安易に触れてはならぬ闇に探りを入れる危うさだけは感じている。

もちろん、引き返す気はないが、少しばかり慎重にならねばと、求馬はみずからを戒めた。

七

二日後の夕刻、佐山が得意顔で家宅に戻ってきた。

五十崎玄蕃をぐれ宿に導いた人物が判明したのだ。

「荒尾源八郎、中町奉行所の内与力にござります」

「不浄役人か」

「内与力ならば、町奉行の御墨付きを手に入れるのも容易かと」

「すると、御墨付きは本物」

「おそらくは」

中町奉行所は一昨年の閏葉月、南北町奉行所を補佐する目的で鍛冶橋御門内に開設された。改易となった赤穂藩浅野家の元家臣たちが来たるべき仇討ちに備え、府内で不穏な動きをしていたためであったとも伝えられている。町奉行所をひとつ増やさねばならぬほど、公儀は牢人の動向に気を配っていたという証左でもあろう。

初代町奉行は丹羽遠江守長守、小姓から順当に出世を遂げた旗本で、目付や長崎奉行などにも任じられた。一方、内与力は通常、丹羽家の用人から抜擢されるものの、荒尾源八郎はちがったらしい。

「中堅旗本の家に生まれ、腰物奉行までつとめたそうですが、数年前に御役不首尾ゆえ差控の沙汰を受け、旗本身分を剝奪されました」

ところが、荒尾は円明流の免状持ちで、しばらく経ってほとぼりが冷めた頃、秀でた剣術の力量を惜しんだ重臣の声掛かりにより、中町奉行所の内与力という任を与えられたというのだ。

「噂によれば、差控の理由は野犬の様斬りであったとか。露見すれば家は改易、本人は斬首を免れませぬ。窮地で救いの手を差しのべたのは、老中首座の阿部豊後守さまだったとの噂です」

「何だと」

荒尾家は代々、忍藩を治める阿部家の出入旗本であった。

「表沙汰にできぬ阿部家の秘密を握っていたのかもしれませぬ」

秘密をちらつかせて救いを求めたところ、最悪の事態は免れた。それどころか、阿部の口利きで不浄役人の地位まで得たのかもしれぬと、佐山は怒りの口調でつづける。

「いずれにしろ、一筋縄ではいかぬ一匹狼のようでござる」

盛り場や花街を彷徨いては、貧乏人からも容赦なく袖の下を巻きあげる。荒尾は悪徳役人を絵に描いたような人物で、ぐれ宿の乞胸たちからも蛆虫のごとく嫌われているらしい。

「その蛆虫から、五十崎は甘いことばを掛けられたのか」

「ええ、乞胸頭になれば食い物と塒はもちろん、五十両もの大金をくれてやると言われたとか。されど、面倒事が嫌いな五十崎はのらりくらりと返事を避け、荒尾から何度も急かされておるようで」

乞胸たちに小銭を摑ませれば、たいていの事情は喋ってくれるらしい。

ぐれ宿には百人を優に超える牢人たちが暮らしており、多くの者は人柄のよい五十崎が乞胸頭になるのを望んでいるという。

「なるほど、五十崎の後ろには、それだけの牢人たちが控えているわけか」

「乞胸頭の長嶋某はもちろん、非人頭の車善七とて、五十崎には手出しができませぬ。そこで、もっと上から幕府のほうに要請があり、まわりまわって殿に暗殺の密命が下された。そう考えるのは、うがち過ぎにござりましょうか」

車善七の上は、浅草新町の弾左衛門である。弾左衛門から幕閣のお偉方に内密の要請があり、橘主水が動かざるを得なくなった。それは志乃が描いたのと同様の筋書きにほかならない。

「ふうむ、弾左衛門とはそれほど力を持った人物なのか」

「得体の知れぬところが、何とも不気味でござりますな」

「それにしても、荒尾は何故に五十両も払って、五十崎を乞胸頭に仕立てたいのであろう」

「五十両以上の見返りがあるからでしょうな」

「金か」

「それしかござるまい」

「ならば、荒尾に金を払う者がいるというはなしにならぬか」

「かもしれませぬ。そやつは五十崎を乞胸頭に仕立て、牢人たちだけをひと括りにしようとしておるのかも」

「いったい、何のために」

「さあて、謀反でしょうか。由井正雪の乱の再現となれば、公儀は指を咥えて眺めてばかりもいられなくなる。少なくとも、凪ぎにみえる闇の舞台に波紋が生じることになりましょう」

「それこそが狙いなのかもしれぬ」

「混乱に乗じて、弾左衛門から何らかの利を掠めとる。たしかに、考えられなくもない筋書きでござるな」

利の中身は判然とせぬが、荒尾には後ろ盾がいるのかもしれぬ。

「つぎに調べるのはそこだな」

「お任せを」

佐山は袖をひるがえし、そそくさと居なくなった。

今日は非番なので、求馬も着流し姿で家宅をあとにする。

中町奉行所のある鍛冶橋御門へでも足を延ばそうかとおもったのだ。

浄瑠璃坂をのんびり降りていけば、武家屋敷の塀から桃の木が枝を伸ばしている。

咲き誇る花に見惚れていると、一挺の宿駕籠が滑るように近づいてきた。

裾をからげた先棒が脇の垂れを持ちあげ、さあどうぞと誘いかける。

以前にも、同じようなことがあった。

「矢背求馬さまでござんすよね」

「もしや、江戸勘の駕籠か」

「さようで。とあるお方から丁重にお連れしろと」

指図した相手の見当はついている。

渋い顔で駕籠に乗り、尻の痛みに耐えつづけた。

「あんほう、あんほう」

駕籠かきは軽快に飛ばし、本八丁堀までやってくる。

求馬は駕籠を降り、乱れた髷と襟元を整えた。

京橋川沿いには、うだつの高い商家が建っている。

駕籠かきに見送られて敷居をまたぐと、布袋にしかみえぬ福々しい主人が待ちかまえていた。

「久方ぶりにござります。ようこそ、お越しくださりました」

天下の豪商、紀文こと紀伊國屋文左衛門である。

老中の秋元但馬守に命じられ、用心棒の役目を申し付けられたことがあった。それがきっかけで懇意になり、志乃との婚礼にあたってはみずから望んで仲立ち役までやってくれた。幕閣の重臣とも平気で渡りあう豪商から、どうしたわけか、求馬は信を得ているのである。

暖簾を分け、屋敷の奥へ踏みこんだ。

案内されたのは、広い中庭をのぞむ閑静な客間である。

書院造りの床の間には、断崖に屹立する紅梅の絵が飾られていた。

「夜の海だな」

「はい。懸崖の松ならぬ、梅にござります」

と、紀文は胸を張る。

以前に訪れたときは、蟹の絵が飾られていた。

御上を笑いものにして流罪になった絵師が描いたものだ。

「お察しのとおり、三宅島から一蝶が友の俳諧師に送った絵にござります。なかなかに見事な出来栄えゆえ、彼岸を過ぎても外せませぬ」

絵の端には一句書かれている。

「帚木のゐぐいは是にやみの梅。おわかりでしょうか。句を詠んで書きつけたのは宝井其角にござりましてな。無理を言って、其角から絵ごと頂戴したのですよ」

「帚木のゐぐいは是にやみの梅。ふうむ、意味がさっぱりわからぬ」

求馬が首をかしげると、紀文はかたわらに身を寄せてきた。

「ふふ、手前もわかりませんでした。遠目にはみえるが、近づくと消えてしまう。信濃の園原にあるという伝説の木が帚木にござります。一方、ゐぐいは狂言の演目で、主人から頭を叩かれるのを嫌った居杭なる童子が、観音様から頂戴した頭巾で頭を覆って叩かれるのを避ける筋立てのことだとか。たった今、闇のなかで目にしている梅も、帚木やゐぐいのごとく、みえているのかどうかも疑わしい絶妙なあわいで咲いている。よくはみえずとも、香りだけは濃厚に漂うているのだと、其角ではない誰かが得手勝手な謎解きをしてくれました」

「なるほど、闇の梅か」

当代一の俳諧師は届けられた絵を眺め、遠い島で暮らす友の境遇におもいを馳せながら、涙を流したに相違ない。一句書かずにはいられなかったのだろうと、求馬は想像した。

丁稚(でっち)が香りの濃い茶を運んでくる。

「どうぞ、茴香(ういきょう)にございます。呑めば、ゆったりしたお気持ちに」

なるほど、ひと口啜(すす)っただけで、胸のあたりがすっきりした。

「されば、お呼びたてしたご用件を。團十郎殺しについてでございます」

「えっ」

「やはり、お調べでしたか。お顔をみればわかります」

「妻が調べておるのだ」

「志乃さまが。なるほど、侍女を助けられたことへの恩返しにございますな」

紀文は何でも知っているので、説明の手間が省けた。

「じつは、ご覧になっていただきたいものが」

そう言って、書院から冊子を携えてくる。

どうやら、新作狂言の台本らしい。

求馬は促されるがままに、ぱらぱら捲(めく)ってみた。

「三升屋兵庫から預かりました」

「えっ」

「三升屋兵庫とは、團十郎の筆名にございます」

紀文は有力な金主のひとりで、團十郎から何かと頼りにされていたらしかった。

「預かったのは半月ほどまえ、本人が書いた台本ではありません。今から一年近くまえになりましょうか、贔屓筋の商人から持ちこまれた台本で、霜月の顔見世狂言か年明けの新春狂言にでも掛けてもらえまいか。掛けてもらわねば面目が立たぬと、かなり強引な口調で頼まれていたのだとか」

台本を読んで出来栄えを聞かせてほしいと、紀文は團十郎から気軽な調子で水を向けられたのだという。

「さっそく読んでみると、不動明王の化身が平将門を退治するはなしでございました。ただ、筋立てが妙に生々しかった」

将門が憑依した綺羅星上総介なる高家が梓野播磨守なる小藩の殿さまに恥をかかせ、城中で刀を抜かせたあげくに腹を切らせる。一年後、不動明王の化身でもある斧牛鞍馬之介なる家老が、播磨守恩顧の家臣一党を率いて仇討ちを果たす。

「まあ、そういった筋立てで。誰が読んでも、赤穂浅野家の元家臣たちが吉良さまを襲って本懐を遂げた仇討ちに由来する筋立てだとわかります。さようなものは小屋に掛けられるはずもないし、そもそも、台本と呼ぶには筋立ても書きっぷりも稚拙すぎる。素人が狂言作者のまねをして書いたのであろうと酷評したところ、團十郎はさもあろうと笑い飛ばしましてな。されど、そのときにつぶやいた台詞（せりふ）が片時も頭から離れず、ほとほと困っておるのでございます」

「團十郎どのがつぶやいた台詞とは」

「『拙（まず）い台本のせいで命を縮めるかもしれぬ』と、悲しげに笑っておりました。もしかしたら、半六に刺されたことと関わりがあるかもしれぬと、さようにおもえば夜も眠れず」

台本を持ちこんだ贔屓筋とは誰なのか、とりあえずは調べてみたという。

「蠟燭問屋の会津屋五兵衛なる者にござりました」

紀文は発するや、胸のつかえが取れたように、ほっと安堵の溜息を漏らす。

「まことかよ」

言うまでもなく、会津屋は内儀と半六の密通を嗅ぎつけ、團十郎と談判におよんだ商人である。

おもいがけぬ筋から、わけのわからぬはなしが舞いこんできた。

求馬は頭の整理がつかず、手にした台本を畳に抛（ほう）ってしまった。

八

團十郎殺しと牢人斬り、一見関わりがないようにみえるふたつの大事に接点らしきものが浮かんできた。

弾左衛門である。

どちらも弾左衛門が鍵を握っている公算は大きく、会ってはなしを聞けば真相が浮かびあがってくるかもしれなかった。

そう考えていたやさき、志乃と夕餉をとりはじめた頃、見知らぬ男が訪ねてきた。

冠木門の内へは入ってこず、門前で頭を深々と垂れている。

求馬は仕方なく、わざわざ門の外へ出ねばならなかった。

「矢背さま、今からお越し願いたいところが。お駕籠も用意してござります」

塀際に並ぶ駕籠は二挺、どうやら、志乃も招かれているらしい。

「おぬしは何者だ」

「名乗るような者じゃござんせんが、車善七と申します」

驚いたのである。

江戸じゅうの非人を束ねる非人頭が、みずから足を運んだのである。

強面でもなければ、厳ついからだつきでもないが、目つきは鋭い。

相手を射竦める蛇のような眼差しで、瞬きもせずにみつめてくる。

「何処へ向かう」

「とある場所へとしか。お察しはついておられるかと」

「浅草の新町か」

「いらしていただければ、長吏頭からご用件をお伝え申しあげます」

長吏頭とは、弾左衛門のことであろう。

罠かもしれぬとおもったが、乗らぬ手はない。

聞き耳を立てていた志乃も向かう気満々で、支度もそこそこに駕籠のほうへ歩いていった。

求馬も覚悟を決めた。

嫌いな駕籠に乗りこむや、駕籠かきがとんでもない速さで走りだす。

左右には大勢の気配が感じられた。

車善七の手下たちであろうか。おそらく、十や二十ではきくまい。

それだけの人数が二挺の駕籠を囲んで闇に紛れ、一団の槍となって浄瑠璃坂を下り、御濠沿いの道や武家屋敷の狭間を疾風のごとく通過し、あっという間に浅草の山谷堀を指呼の間においてみせたのである。

弾左衛門のもとへは、猿婆を潜入させていた。

もしや、捕まったのであろうか。

侍女の身柄を引き渡すのと交換に、探りを入れた事情を質そうというのであれば、弾左衛門に呼びつけられた理由も納得できよう。ただ、猿婆が易々と捕まるとはおもえなかった。ひょっとすると、弾左衛門と引きあわせるために、みずから進んで縄を打たれたのかもしれない。

激しく揺れる駕籠の内で歯を食いしばり、求馬はそんなことを考えていた。

常であれば、弾左衛門は塀の外で暮らす者となど会うまい。そもそも、すがたをみた者はおらぬし、ほんとうにいるのかどうかもわからぬほどの人物なのだ。

ともあれ、あれこれ臆測したところで物事は解決しない。

駕籠を降りたのは待乳山聖天の麓、山谷堀に架かる今戸橋の手前であった。

車善七は何処かに消え、手下らしき者たちが提灯で先導する。

求馬は緊張のせいか、ひとことも喋らずに橋を渡った。

一方、志乃は鼻唄を唄いながら、のんびり従いてくる。

まるで、お呼びが掛かるのを待っていたかのようだ。

橋を渡ってからは、土手道の暗がりを左手に進む。

右手の奥にみえる鬱蒼とした杜は、弾左衛門の菩提寺とされた本龍寺であろうか。

山谷堀の汀には船着場があり、細長い荷船が何艘も繋がれていた。馬の皮革を運ぶ荷船だろう。皮革は新町で加工され、武具や馬具、太鼓や鼓などの楽器、靴や巾着や煙草入れなどの日用品に変わる。

町奉行所から入手した絵図によれば、新町は南北に細長く、周囲を堀割と築地塀で二重に囲まれていた。表門から裏門までは五町ほど、南北を貫く往来の左手表門寄りに弾左衛門の屋敷があり、中間地点を過ぎた左手に欅の神木を擁する白山神社があるはずだった。

往来の左手には主に重臣たちの屋敷が並び、右手には公事宿が軒を連ねている。公事宿には「八王子」や「府中」といった屋号がついており、地方に散在する者たちが泊まりにやってくる。もっとも賑わうのは正月で、全国津々浦々から小頭たちが一年分の役銀と人別改帳を携えて挨拶にくるのだという。

新町を訪れるのは、同じ身分の者たちだけではない。町奉行所の役人は日に何度も見廻りにくるし、皮革を扱う商人や物売り、医者なども頻繁に訪れる。金を借りたい侍などは、吉野町口と呼ばれる隠し門から出入りすることになっていた。

提灯に導かれて門前へたどりつき、六尺棒を持った門番を横目に門を潜る。なるほど、往来に沿った左手には弾左衛門の屋敷がでんと構えており、豪壮な長屋門を潜ったさきには破風屋根の正面玄関が篝火に照らされていた。建物は大名屋敷と見紛うほどに立派で、敷地は広大な庭もふくめて七百坪を超える。

志乃によれば、年始の挨拶に向かう弾左衛門の行列は一万石の大名並みに仰々しく、弾左衛門を乗せた長棒駕籠の前後には挟箱や合羽持ちなども随行する。一行は老中や若年寄をはじめ、寺社奉行、大目付、南北中町奉行、勘定奉行、作事奉行、火付盗賊改方などの役宅や御召馬預役所などへも順繰りにおもむくのだが、挨拶は玄関式台の下でおこなわねばならず、式台からさきへは一歩も入れてもらえぬ定めらしかった。

そうしたはなしを聞くにつれ、弾左衛門が蔑ろにできぬ人物なのはよくわかった。

屋敷内を案内してくれる者は何人も代わったが、誰ひとりことばを発しない。俯いたまま面相もみせず、廊下の角を何度も曲がっては奥へと導いていった。

弾左衛門の手下たちは、町奉行所の面倒事も引きうけている。小伝馬町牢屋敷の掃除から処刑の手伝いまでおこない、市中引きまわしの列にも槍を担いでくわわるし、刑場ではその槍で罪人を刺すこともある。磔や火焙りの支度もおこない、処刑された遺体の処理も任されていた。

常はそんな役目にも携わる者たちに案内され、求馬と志乃は瓢箪池のみえる書院之間へ通された。

大きな部屋の向こう正面には、黒紋付きの大柄な人物が座っている。

弾左衛門であろう。

黙って座しているだけなのに、五体から凄まじい気を放っていた。

薄暗くて面相はわからぬが、蛇のような眼光だけは異様な光を帯びている。

求馬たちは近づくことを許されず、十間余り離れたところに座らされた。

弾左衛門は息を吸い、静かな口調で喋りはじめる。

「昨日の真夜中、それがしの部屋へ、猿に似た婆さまがあらわれました。ご存じのとおり、この町の者らは馬を生業にしております。猿は馬を守る神の使わしめゆえ、粗略には扱えませぬ。裏門のそばには猿飼の連中が住んでおりますが、どうも猿飼の縁者ではなさそうだ。聞けば、囲いの外におる者だと申します。無論、この町に害をなす闖入者は処罰せねばなりませぬ。されど、猿に似た婆さまは申しました。おのれは八瀬衆の首長であった家に仕える身、朝廷の埒外にある洛北の民草にほかならぬ。團十郎どのに恩があるゆえ、殺しの真相を知りたい。ひいては、主人を呼んではもらえまいかと。ふてぶてしいにもほどがあるゆえに、一日じっくり様子を窺っておりましたが、どうやら、主人のはなしを聞かねば埒があかぬようで、善七に使いを命じた次第にござります」

やはり、猿婆はみずから捕まっていた。知りたいことが調べきれず、弾左衛門本人に聞くしかないと判断したのだろう。志乃を呼ぶのは無謀な賭けにちがいないが、猿婆らしい大胆不敵さを感じさせた。

すでに、志乃には猿婆の意図するところがわかっているようだ。

「その婆さまは月草と申します。わたしにとっては親代わりゆえ、月草の身に何かあれば、あなたを許しはいたしませぬ」

「ふふ、威勢のよいお嬢さんだ。あなたが志乃さまですな。そして、お隣が矢背家に婿入りして鬼役になったご主人」

「何でもご存じなのですね」

「ええ、一日掛けてじっくり調べあげました」

「それで、何かおわかりになったことでも」

「まずは、矢背という姓の由来がわかりました。千年以上前に勃発した壬申の乱の際、御所から逃れた天武天皇が洛北の地で背中に矢を射かけられた。その逸話に因んで名付けられた『矢背』という地名が、やがては『八瀬』と表記されるようになり、一族を率いる首長の家には『矢背』の姓が残された」

よどみなく喋る弾左衛門の様子は、謎解きに興じる童子のようでもある。

「八瀬童子は閻魔大王の輿を担いだ鬼の子孫ゆえ、秘かに鬼を奉じておるとか」

鬼とは禍のことにほかならぬ。都人からすれば忌避すべきものにもかかわらず、八瀬童子は鬼を敬い、鬼の子孫であることを誇った。

「ご先祖は都人の弾圧から免れるべく、世を忍んで比叡山に隷属する寄人となり、延暦寺の高僧や皇族の輿をも担ぐ力者の地位に就いたとか。戦国の御代には、禁裏の間諜となって暗躍したとも伝えられております。真実なら、まことに興味深いはなしだ。何しろ、かの織田信長でさえも『天皇家の影法師』と呼んで八瀬童子を懼れたと申しますからな。しかも、志乃どの、あなた方は近衛公に庇護されているともいう。もうおわかりでござろう。お呼びして伺いたかったことはただひとつ。何故、あなたは故郷を捨て、江戸表なんぞへ下ってこられたのか。よほどの理由でもないかぎり、信長でさえも懼れた血筋にある御仁が徳川家の手先になるはずはない。よろしければ、拠所ない事情をお聞かせ願えませぬか」

「矢背家の拠所ない事情を告げること、それが團十郎殺しの真相を教える条件だと」

「さようにお取りいただいてもけっこうにござります」

「ふん、わが家の事情など知ったところで一文の得にもなるまい」

「いいえ、埒外の者同士、ご返答次第では親密な関わりが築けるやもしれませぬ」

「ほう、江戸の闇を統べる弾左衛門どのと親しくなれるのか。それはありがたいはなしだな」

「よくおわかりで」

「されど、条件は吞めぬ」

「何故にでございますか」

「何事につけ、条件にされるのが嫌いでな」

「ほほう、これはまた……困りましたな」

「困らずともよい。月草を連れて帰るゆえ、連れてきてくれぬか」

「ずいぶんまた、上からきますな。ご自分たちの置かれている情況がおわかりなのですか」

「脅しか。それとも本気か。本気ならば、受けてたつぞ」

志乃が腰を浮かしかけると、弾左衛門は右の掌を翳した。

「お待ちを。さすがは矢背志乃さま、見事な啖呵を切られる。負けました。条件は取りさげましょう」

「されば、こちらが尋ねる番じゃ。團十郎どのは贔屓筋の会津屋なる蠟燭問屋から、会津屋の女房と半六が密通していた件でねじこまれた。そのあと、團十郎どのはおぬしを訪ねておる。そして、何らかの話し合いがもたれたのち、團十郎どのは小屋へ戻り、半六に破門を申し渡した。おぬしとのあいだに、いったい、どのような話し合いがもたれたのか、それが知りたい」

弾左衛門は黙りこみ、意を決したように喋りだす。

「話し合いではなく、こっぴどく叱りつけてやりました。会津屋の狙いは、灯芯造りにござります」

「灯芯造り」

「会津屋は蠟燭問屋の肝煎りをつとめる大物でしてな、われらに灯芯造りの利権を渡すまいとしておるのです」

一本は小さな蠟燭の灯芯だが、日の本すべてで蠟燭に使用する灯芯造りを一手に引きうけることができれば、弾左衛門たちにとっては馬の皮革につぐ大きな生業になる。一方、蠟燭を扱う会津屋からみれば、弾左衛門に大金を払って灯芯を仕入れるよりも自前で造りたいと考えるはずであった。

「女房との密通を丸く収める条件として、会津屋は團十郎に大それたはなしを持ちだした。團十郎は困り果て、それがしのもとへ泣きを入れにまいったのです。それゆえ、叱りつけてやりました。團十郎を買っておりました。阿漕な商人に足許をみられるようなまねはするなと。それがしは團十郎を買っておりました。あれだけの役者はおらぬし、人としても申し分ない。それだけに、情けない気持ちが勝ったのでしょう。いつになく、きつく当たってしまった。團十郎としては何とか内済にもちこみ、半六を救ってやりたかったのでしょうが、さような条件は呑めるはずもないし、揉め事の種を蒔いた半六は破門にするしかなかった。そういうはなしにございます」

「なるほど、よくわかりました。おはなしいただき、かたじけのう存じます」

「なんの。志乃さまの気っ風に惚れましたゆえ、包み隠しなくおはなし申しあげたのでござります。團十郎は惜しいことをいたしました。破門と言われた半六は逆上し、匕首を握ってしまったのでしょう。ただ、いまだにどうもしっくりこぬ。何者かが殺しを仕組んだような気がしてならぬのです」

「殺しには裏があると仰せですか」

「無論、会津屋は深く関わっておりましょうが、あの者は團十郎を殺める決め手に欠ける。ほかの誰かの強い意志を感じる」

さすがの弾左衛門も、ほかの誰かの正体は摑んでいないらしい。

はなしが途切れたところで、求馬が口をひらいた。

どうしても、聞いておきたいことがあるからだ。

「つかぬことをお尋ねいたすが、五十崎玄蕃という牢人をご存じか」

わずかな沈黙が、こたえのように感じられた。

予想どおり、弾左衛門は五十崎を知っているにちがいない。もっと言えば、乞胸頭になられては困るので、幕閣のしかるべき筋へ処分を依頼したことも否定できなかった。

「鬼役は公方様の御毒味役にござりましょう。もしや、御毒味以外にも御役目がおありなのですか。たとい、そうだとしても、それがしには与りしらぬことにござります。おたがい、知らぬほうがよいこともありましょう」

巧みにはぐらかされ、求馬は口を噤むしかなかった。

少しは期待したが、志乃の助け船もない。

やんわりと退出を促され、弾左衛門の屋敷をあとにする。

厳めしい長門から外に出ると、野良着姿の猿婆がいつもの顔で佇んでいた。

九

会津屋五兵衛は灯芯造りの利権を得るために、内儀のおかつと半六の密通を利用し、團十郎を弾左衛門のもとへ向かわせた。弾左衛門は半六を破門にすることで拒絶の意志をしめしたが、追いつめられた半六は團十郎を舞台で刺殺するという暴挙に出た。

猿婆の機転で弾左衛門と相対し、そうした筋書きを描くことはできた。が、やはり、弾左衛門も言っていたように、会津屋ではない誰かが殺しを仕組んだような気がしてならない。

その人物は半六が暴挙に及ぶことを見越して、会津屋に無理難題としかおもえぬ灯芯造りのはなしを持ちこませたのではあるまいか。

生島新五郎によれば、半六は「殺らなきゃ殺られる」という意味深長な台詞を口走っていた。ひょっとしたら、何者かが詰めの一手を講じ、正気を失いかけた半六の耳許で「将門の怨霊に殺られる」と囁いたのかもしれない。

「なあるほど、あり得る筋書きにござりますな」

感心しながら顎を撫でるのは、従者の佐山である。

佐山は牢人を装って「ぐれ宿」に潜入していた。

求馬は志乃と別れて夜道をたどり、下谷山崎町の近くまでやってきたのだ。

ふたりが落ちあったさきは幡随院の境内、参道は漆黒の闇に閉ざされ、寛永寺山内の時鐘が亥ノ刻を報せている。

——ごーん。

鐘音が途切れるのを待って、佐山はつづけた。

「将門の怨霊を退散させるのが、不動明王の化身と奉じられる團十郎。そうであるならば、團十郎を亡き者にすることで将門の怨霊は難を逃れられる。半六は怨霊に感謝されこそすれ、呪殺される恐れはなくなる。さようにおもいこみ、匕首を握ったのかも」

あり得ぬはなしではない。

あらかじめ凶事の筋書きを描いた人物がいたとすれば、おもいどおりの展開に、ほくそ笑んだことだろう。

その人物は何らかの理由で、團十郎を始末したいほど恨んでいた。始末するために策を練り、会津屋を使って半六を窮地に追いこんだ。

しかも、敵にまわせば手強い弾左衛門を、重要な役まわりで登場させている。

「台本があったとすれば、恐ろしく頭の切れる人物が書いたに相違ござらぬ」

「台本か……」

ふと、團十郎が紀文に漏らした台詞をおもいだした。

「……『拙い台本のせいで命を縮めるかもしれぬ』と、悲しげに笑ったのだったな」

半六に刺されたこととの関わりを疑い、紀文は眠れぬ夜を過ごした。

團十郎のもとへ台本を持ちこんだのは、会津屋五兵衛にほかならない。

「殿が紀文に借りた台本、それがしも読ませていただきました。あまりに拙く、途中で投げだしたくなりましたが」

「最後まで読みきったか」

「ええ、何とか。されど、素人のそれがしにもわかります。あんな台本を芝居に掛けたら、客は一斉に離れましょう」

　会津屋から芝居にしてほしいと頼まれても、團十郎は首を横に振るしかなかったであろう。

「拒まれた会津屋の面目は丸潰れ。台本を書いた人物は、それほどまでに気を遣わねばならぬ相手だった。しかも、強い執着心の持ち主で、台本を拒まれたことに怒りをおぼえ、いつまでも根に持ちつづけたのかも」

　佐山の指摘は大きく外れてはおるまい。少なくとも、團十郎には思い当たる節があったのだろう。そうでなければ『命を縮めるかもしれぬ』などという台詞は漏らさぬはずだ。

「やはり、会津屋には後ろ盾がおりますな。そやつが殺しの台本を書いた黒幕にござりましょう」

「殺しの台本か」

 もちろん、それは芝居にできぬ台本のことだ。

 求馬は溜息を吐き、佐山を睨みつける。

「ところで、そっちはどうだ。何かわかったのか」

「ええ、おおわかりにござる。中町奉行所内与力の荒尾源八郎は、五十崎玄蕃に五十両の大金を払うと言い、乞胸頭にする算段を立てておりましたが、五十両の出所がわかりました。誰あろう、会津屋五兵衛にござります」

「そっちもか」

「ええ。会津屋め、いったい何がしたいのか。今から本郷菊坂町の店に踏みこむ手もありますが」

「手荒なまねはしたくない」

「でしょうな」

 求馬のこたえを予想し、佐山は代案を考えていた。

「今から、ぐれ宿に行ってみませぬか。さすれば、牢人たちの事情を肌で感じることもできましょうし、荒尾の誘いを拒むよう、五十崎を説きふせることができるかもしれませぬ」

 乞胸頭になるのを拒めば、今の乞胸頭やその上の車善七、そのまた上の弾左衛門から命を狙われる理由はなくなる。

求馬は実力者の弾左衛門が裏の筋から幕閣の重臣にはたらきかけ、まわりまわって橋から密命が下されたとおもっている。かりにそうであるならば、願いを撤回させるべく弾左衛門に掛けあってもよい。そのためにも、まずは五十崎を説得する必要があった。

「されば、まいろう」

佐山から渡された継ぎ接ぎの古着に着替え、頬被りまでして月代を隠す。

狭い路地裏から木戸門を抜け、ぐれ宿の奥まで踏みこんでいった。

しんと静まったなかで、一箇所だけ賑わっているところがある。

落雷で半壊した阿弥陀堂のようだ。

どうやら、牢人たちが丁半博打に興じているらしい。

「町奉行所の連中はみてみぬふり。そもそも、ぐれ宿の奥までは入ってきませぬ」

佐山はすでに顔を売っているらしく、板間にあがっても不審がる者はいない。

求馬は連れなので咎めもされず、御法度の丁半博打がおこなわれている畳の縁に腰を下ろした。

壺振りも牢人なら、銭を掻き集める役も牢人である。

「ほれ、賭けろ」

丁だ半だと、威勢のよい掛け声が飛び交った。

賭けるのは木札ではなく、一文銭や波銭(なみせん)である。

賭けに勝って小銭を手にした牢人は、黄色い乱杭歯(らんぐいば)を剥(む)いて小躍りしていた。

何とも情けない。ぐれ宿に身を寄せる連中は、一見したところ、侍の矜持など欠片も持ちあわせていなかった。理不尽な世の中への不満を燻(くすぶ)らせ、少しは御上に抗う気持ちもあるかとおもったが、博打に興じる連中をみていると、わずかでも期待したのがまちがいだったとおもわざるを得ない。

求馬は左右をきょろきょろ見まわし、五十崎のすがたを捜した。

佐山が牢人のひとりに尋ねると、衝立(ついたて)のほうに顎をしゃくる。

ふたりはやおら立ちあがり、そちらへ近づいていった。

衝立の向こうを覗けば、五十崎が薄暗がりにぽつんと座り、手酌で茶碗酒を呑んでいる。

「五十崎氏(うじ)、ちと邪魔するぞ」

佐山と求馬をちらりと見上げ、五十崎は欠け茶碗をふたつ並べた。

五合徳利から黙って冷や酒を注ぎ、欠け茶碗をこちらへ寄こす。

「まあ、座ってくれ。どうせ、ほかにやることもない」

「朝から晩まで呑んでおるのか」

「まあな、ごらんのとおりの体たらくさ。ぐれ宿に来た侍は、三日で骨抜きにされる。牙を失った侍ほど始末に負えぬものはない」

「ならば、頭になる意味もなかろう」

「ない。されど、この落ちぶれた情況で、五十両を拒む莫迦もおるまい」

「受けるのか」

「迷っておる。たぶん、わしの命が五十両なのさ。理由なんぞはわからぬが、頭を受ければ俎板の鯉にさせられよう」

「わかっておるではないか。命と引換えに、危うい役を受けることもあるまい」

「ふん、おぬしらにはわからぬ。ぐれ宿の住人ではないからな。ここにおれば、身も心も腐っていくしかない。ならばいっそ、天下に抗って華々しく散ってみせるのもよかろうと、叶わぬ夢を抱いてしまうものなのさ」

「謀反でも起こす気か。それなら、夢は夢でも悪夢だろうな。つかぬことを聞くが、おぬし、水野家が改易になったのち、福山城に籠城したのか」

「ああ、籠城した。されど、ご城代の説得に折れ、三日で城を明け渡した。自慢にもなりやせぬ」

「いいや、おぬしには反骨魂がある。ぐれ宿から逃れ、町道場でも開いたらどうだ」

「それも考えた。されど、今となってみれば、自分ひとりで出ていくわけにもいかぬ」

「まさか、あやつらに情を移したとでも」

佐山は振りむき、衝立の向こうを睨みつける。

五十崎は徳利をかたむけ、直に酒を呑んだ。

「ぷはあ、不味い酒だ。あやつらもかつては、ひとかどの侍であった。されど、ここを出れば、辻強盗に堕ちるしかなかろう。そうならぬように、ここで身を寄せあい、傷口を嘗めあっておる。わしにはわかる。みな、死に場所を探しておるのだ」

徳利が空になり、五十崎は苦笑する。

求馬は頭の手拭いを取り、顎を突きだした。

「みなに早まってほしくない。どうにか我慢する術はないのか」

「あれば悩みはせぬ。それにしても、おぬしらは何者なのだ。食い扶持があるくせに、どうして、わしらなんぞにこだわる」

おぬしを斬れと命じられたなどと、言えるはずがない。

求馬はみずからの姓名も役目も、口にできなかった。

五十崎は悲しげに微笑む。

「よかろう、言いたくなければそれでいい。されど、わしらのようなものを案じてくれたことには感謝する……さあ、もう出てってくれ。おぬしらと喋っておると、気が滅入ってくるのでな」

今宵もまた、後ろ髪を引かれるおもいで去るしかないのか。

何もできぬ自分が情けなく、求馬はここに来たことを後悔した。

十

翌晩、城内中奥。

求馬は宿直に就いていた。

ぐれ宿から戻って一睡もできずに朝を迎え、一汁一菜の朝餉を済ませ、いつもどおりに出仕した。

鬱々（うつうつ）とした感情が胸にわだかまり、表情もあきらかに冴（さ）えなかった。

笹之間では滞りなく昼餉と夕餉の毒味御用を済ませたが、宿直部屋に退いてからはずっと考え事に耽（ふけ）っている。

深夜、眠れそうにないので部屋を出て、御台所口のそばにある厠へ向かった。

悪い予感はあたり、暗がりから公人朝夕人の土田伝右衛門が囁きかけてくる。

「御役目を忘れたのか」

台詞に棘（とげ）があった。

おおかた、橘主水に催促されたのだろう。

「おぬしが動かぬと、目付役のわしが叱られる」

「ふん、叱られたくらいで、がたがた抜かすな」

「ほう、ずいぶん偉そうな口をきくではないか。わしがその気になれば、おぬしなんぞどうにでもなる。中之御門へ戻してもよいのだぞ」

「そんなことはできまい。おぬしも一蓮托生（いちれんたくしょう）だ」

「ちっ、食えぬやつめ」

舌打ちなど気にも留めず、求馬は壁際に身を寄せた。

「ひとつ聞いても」

「何だ」

「五十崎玄蕃を知っておるか」

「知らぬはずがない。わしはな、おぬしが摑んでいる以上のことを知っておる」

「ならば、橘さまのまちがいに気づかぬはずはなかろう。橘さまは掛け値なしの悪党と言ったが、五十崎は悪党ではないぞ」

「それゆえ、斬れぬと申すのか」

「ご判断のまちがいを正し、ご再考いただく」

伝右衛門は声を立てずに笑った。

「一介(いっかい)の鬼役づれに、さようなことができるはずもなかろう。橘さまのおことばは、上様のおことばも同じ。人の上に立つお方は、一度口から出したことばを引っこめるわけにはいかぬ」

「そんな」

「理不尽な命でもしたがわねばならぬ。それが禄を食(は)む者の悲しさよ。ふん、おぬしがもたもたしておる間に、上のほうでは重大な決定がなされようとしておるのだぞ」

「重大な決定、何だそれは」

「それを告げるまえに、五十崎玄蕃は五十両と御墨付きを手にし、乞胸頭になったぞ」

「えっ」

今日になって決断したのだろうか。

「それだけではないぞ。ぐれ宿の牢人どもを焚きつけ、謀反を企てておるそうだ」

「待て、それは何かのまちがいだ」

「真実なんぞはどうでもよい。おぬしが謀反の芽を摘むのが遅れたおかげで、さようなことにされたのだ」

「わしのせいだと」

「ああ、そうだ。手っ取り早く五十崎を始末しておれば、こんなことにはならずに済んだ。おぬしが手を下さずとも、早晩、五十崎は消されよう。謀反潰しを条件に、利を得ようとする者がおる」

「どういうことだ」

五十崎を葬り、ぐれ宿の謀反を潰す。そのことを条件に、灯芯造りの利権が蠟燭問屋へ渡ることになったらしい。

「灯芯造りと申せば、察しはつこう」

「会津屋か」

「さよう、阿漕な商人の思惑どおりになる。かような大事が幕閣の評定も経ずに決まろうとしておるのだ。妙だとはおもわぬか」

たしかに、妙なはなしだ。弾左衛門が聞けば怒り心頭に発し、どのような手を使ってでも決定を覆そうと画策するだろう。

「もちろん、商人なんぞには描けぬ筋書きだ。会津屋には後ろ盾がいる。幕閣のお歴々をも動かすことができる人物だ。そやつがいよいよ、本腰を入れはじめたというはなしよ」

会津屋の後ろ盾、それこそ求馬の捜す相手にちがいなかろう。

「誰だ」

「今はまだ、教えるわけにはいかぬ。余計な動きをされたくないからな」

「くそっ、おぬしは味方なのか」

問いかけても、相手はすがたをみせない。

「密命を守る者にとっては味方だが、守らぬ者にとってはそのかぎりではない、とだけ言うておく」

「待ってくれ。後ろ盾のことを、橘さまはわかっておられるのか」

「あのお方は、何もかもわかったうえで命を下される。どのようなときも、物事を大局からご覧になっておいでなのさ」

五十崎を斬れと命じたのも、深い考えがあってのことなのか。

たとえそうだったとしても、求馬は承服できない。

「牢人の謀反はないものと証し立てされたらどうなる」

「さような証し立てに意味はない。言ったであろう、真実なんぞはどうでもよい。謀反を企てておらずとも、牢人どもがひとつところに集まっておれば謀反と断ずることができる。図体の大きな五十崎を権威に抗う将門役に仕立て、最初からこうなるように仕組んだ台本書きがおるのさ」

「台本書き。それが会津屋の後ろ盾なのか」

「ああ、そうだ。そやつ、唯一の嗜みが狂言の台本を書くことらしい。虹鱒屋兵庫之助とかいうふざけた号もある」

「虹鱒屋兵庫之助」

三升屋兵庫という團十郎の号を強く意識したものにまちがいなかろう。

浅野家の元家臣たちが討ち入りを果たした「壮挙（そうきょ）」に題材を取り、稚拙（ちせつ）な台本を書いて会津屋に手渡し、当代一の役者である團十郎のもとへ持ちこませたのだ。本人にとっては力作であったにもかかわらず、歯牙（しが）にも掛けられなかったことに恨みを募らせ、團十郎の命を奪おうとしたのかもしれない。

そうであったとすれば、とんでもない逆恨みではないか。

求馬はどうしても、台本を書いた人物の正体が知りたくなった。

「帚木のゐぐいは是にやみの梅」

伝右衛門は何故か宝井其角の句を口ずさみ、ふっと気配を消してしまう。

いずれにしろ、伝右衛門も紀文屋敷に招じられ、書院造りの床の間に飾られたみえそうでみえぬ悪党のすがたを、闇の梅に喩（たと）えたのだろうか。

「やみの梅……どういうことだ」

一蝶の絵を堪能したにちがいない。

いったい、何のためにふたりは会ったのか。

橘主水の間諜とも親密な間柄なのだろうか。

こうなれば、紀文すらも味方かどうか疑わしい。

求馬は臭気のただなかに蹲（うずくま）り、頭を抱えたくなった。

十一

二日後、朝餉の毒味御用が終わって御台所口から外へ出ると、富士見三重櫓の後ろにどんよりとした雨雲が垂れこめていた。

胸騒ぎをおぼえつつ、内桜田御門を通りぬける。

すると、待ちかまえていた佐山が小走りで近づいてきた。

目を真っ赤にし、口許を震わせている。

求馬は身を固め、最悪の事態を覚悟した。

「昨夜、ぐれ宿に中町奉行所の手入れがはいりました。牢人たちは阿弥陀堂に籠城しましたが、抵抗も虚(むな)しく、騒ぎは一刻(いっとき)（二時間）ほどで収まったそうです」

「五十崎玄蕃はどうなった」

「謀反を企てた首謀者として、その場で斬首されました。胴は様斬りにまわされ、生首は市中引きまわしの上で刑場に晒されるそうです」

「何と……」

ことばも出てこない。

町奉行所の役人は火盗改と異なり、切捨御免の許しを得ていない。にもかかわらず、牢人たちをその場で斬って捨てた。

「本来であれば許されぬ蛮行にござります。されど、相手は身分無きとされる非人ゆえ、不問に付されたのだとか」

不問どころか、謀反を事前に阻んだのは大手柄であったと、老中首座の阿部豊後守は本日の評定で中町奉行を賞賛したらしい。

「捕り方を率いたのは、内与力の荒尾源八郎にござります」

何とか逃げおおせた牢人によれば、五十崎はさして抗いもせずに刀を捨て、みずから縛についたという。すぐさま、荒尾の指図で後ろ手に縛られ、阿弥陀堂の裏手へ連れていかれた。そして、惨めに跪かされたあげく、首を落とされたらしかった。

「首を落としたのは、荒尾にほかなりませぬ。様斬りのつもりだったのか、口許に冷笑を浮かべておったとか。いずれにしろ、乞胸頭にしたときから、五十崎を亡き者にする肚づもりだったのでしょう」

佐山は口惜しげに吐き捨て、ぎりっと奥歯を嚙みしめる。

荒尾源八郎への憎しみを押し殺しているようにもみえた。

公人朝夕人の伝右衛門は「謀反潰しを条件に、利を得ようとする者がおる」と言っていた。五十崎を葬り、ぐれ宿の謀反を潰す。それを条件に灯芯造りの利権が会津屋へ渡るとすれば、牢人たちは悪党どもの講じた企ての犠牲になったと考えるしかない。

伝右衛門が言ったとおり、真実なんぞはどうでもよいのだ。真実をねじ曲げて利を得ようとするやり口は、何者かによって仕組まれていた公算が大きい。

「荒尾は会津屋と一蓮托生、会津屋からはまちがいなく多額の金子が渡っているはずです」

荒尾は金に転んだ。狡猾にも町奉行を誑かし、謀反の掃討を進言して許しを得たのであろう。

「されど、蠟燭問屋ごときが描いた筋書きではあり得ませぬ。殿が仰るとおり、荒尾や会津屋の後ろには、こたびの台本を書いた黒幕がいるにちがいない」

虹鱒屋兵庫之助なるふざけた号を持つ人物のことだ。

「そやつが会津屋と結託し、中町奉行所の捕り方を動かしたのでございましょう」

一方では恨みのある團十郎を殺めて溜飲を下げ、また一方では謀反を潰して灯芯造りの利権を得ようとしている。推察が当たっているとすれば、おのれの書いた台本どおりに進んだ顚末を喜んでいることだろう。

「許せぬ」

けっして、許すわけにはいかぬ。

求馬は佐山に導かれ、日比谷御門のほうへ歩きはじめた。

向かうさきは、小伝馬町の牢屋敷である。

五十崎の生首はいったん牢屋敷へ運ばれ、衆目に晒されながら市中を引きまわされたのち、小塚原の刑場で獄門台へと晒される。

五十崎を説得できなかった負い目があった。

せめて沿道で見送りたいと、求馬と佐山はおもった。

途中、屋台の蕎麦を啜るなどし、八つ刻（午後二時）には小伝馬町へたどりついた。

驚いたことに、沿道は鈴生りの見物人で溢れている。

牢人の生首ひとつ眺めるために、江戸じゅうの人が集まったかのようだ。

が、どうやら、野次馬ばかりではないらしい。

列をなしているのは、辻放下に綾取りに物真似、辻勧進に人形遣いなど、下谷広小路や浅草寺の奥山で見掛ける芸人たちにほかならなかった。
いや、それだけではない。
尺八を携えた虚無僧（こむそう）たちもいれば、猿廻しの連中まで見受けられる。
集まった者たちのほとんどは、身分の外に置かれた連中なのだ。
「この者たち、五十崎玄蕃の名すら知らぬかもしれませぬぞ」
佐山の言うとおりなら、どうしてわざわざ集まってきたのであろうか。
大勢集まるだけで相手に脅威を与えかねない連中に、車善七が声を掛けたとは
おもえない。弾左衛門にしても、公儀に抗う素振りを毛ほどでもみせたら、即座
に潰されることはわかっておろう。
みな、みずからの意志でやってきたのだ。
そのことが求馬には信じられなかった。
おそらく、誰もが同じ気持ちなのだろう。
ぐれ宿の牢人狩りは理不尽すぎて、いくら何でも黙認できない。
非人にも怒りの感情はある。沿道から抗議の意志をしめすことはできるのだと、
言いたいかのようにおもわれた。
やがて、牢屋敷の門が開かれた。

町奉行所の役人を先頭に立て、引きまわしの一団があらわれる。

五十崎の生首は紐で括られ、太い天秤棒から荒縄で吊るされていた。

天秤棒を前後で担ぐ者たちも、周囲を固める槍担ぎたちも、弾左衛門の手下たちである。

先頭の役人が足を止めた。

痩せてひょろ長く、人相の悪い男だ。

髷の結い方から推すと、与力であろう。

所作に隙がなく、手練であることが察せられた。

与力は沿道を眺めわたし、胴間声を発してみせる。

「中町奉行所内与力、荒尾源八郎である。ただいまより、謀反を企てた牢人の首を引きまわすゆえ、女子どもも目を逸らすでないぞ」

「あいや、待たれい」

我慢できずに手をあげたのは、継裃を纏ったままの求馬だった。

役人に声を掛ける者などいるはずもなく、佐山も隣で驚いている。

扮装で御城勤めの旗本とわかったのか、荒尾が大股で近づいてきた。

「どちらさまでしょうか」

慇懃な態度にかちんときつつも、求馬は冷静さを装った。

「本丸御膳奉行の矢背求馬と申す。牢人の名を教えてほしい」

「知ってどうなさる。供養でもなさるおつもりか」

「どうしようと勝手だ。引きまわしにする罪人の名を教えぬほうがおかしかろう」

「おことばですが、おかしいことはござらぬ。何せ、あの首に名はない。されど、どうしても知りたければ、お教えいたそう。名無しの権兵衛、それがあやつの名でござる」

「ふざけておるのか」

「ふざけてなどおりませぬ。あまりにしつこいようなら、お旗本でも容赦はいたしませぬぞ。御役と御名は記憶に留めましたゆえな」

荒尾は「くけけ」と嘲笑い、後ろの連中に合図を送る。

天秤棒を囲む引きまわしの一団が、ぞろぞろ進みはじめた。

すると、沿道の何人かが身を屈め、両手を地べたにつけた。

「何じゃ、おぬしら」

荒尾は激昂し、手をついた連中のそばへ駆け寄せる。

やにわに、土足でひとりの肩口を蹴りつけた。
「御上に抗うのか。おぬしらも晒されたいのか」
口角泡を飛ばし、足蹴にした者の顔を踏みつける。
そのときだった。
沿道に並ぶ人々が、一斉に身を屈めたのである。
誰からともなく両手をつき、地べたに額まで擦りつける。
行く手の遥か彼方まで、漣が伝播していくかのような光景がつづいた。
誰も彼もが口を噤んだまま、潰れ蛙となって平伏していく。
ことばは発せずとも、非人たちが挙って抗っているようにみえた。
荒尾は驚愕し、顎をぶるぶる震わせる。
おそらくは怒りよりも、恐怖を感じたにちがいない。
やはり、非人たちは見抜いている。荒尾の理不尽なやり口を知らぬ者はあるまい。
牢人たちへの酷い仕打ちを、わがことのように感じているのだ。
ただし、自分たちにできることはかぎられている。
沿道に集まり、無言の抗議をするしかないのだろう。

荒尾は平伏す連中を無視し、引きまわしの一団をさきへ進ませた。

天秤棒を担ぐ者も、槍担ぎの連中も、顔色ひとつ変えずに歩みを進める。

穢多と非人では住む場所が異なるものの、おたがいの心情がわからぬはずはない。

いまや、荒尾と何人かの役人だけが、針の筵（むしろ）に座らされたようなものだった。

一団は両国（りようごく）から浅草橋を渡り、蔵前（くらまえ）通りを突っ切り、駒形（こまがた）堂や花川戸（はなかわど）を通って、待乳山の手前から左手に向かう。さらに、新鳥越（しんとりごえ）橋を渡って奥州（おうしゆう）道へ進み、思川（おもいがわ）に架かる泪（なみだ）橋を越えていけば、小塚原の刑場へたどりつくはずであった。

およそ一里半（約六キロ）におよぶ沿道には、人の列が途切れることもなしにつづいていた。

それが五十崎玄蕃へのせめてもの供養になればとおもう。

求馬と佐山は一団のしんがりに従（つ）き、何処までも歩いていった。

気づいてみれば、罪人を見送る縁者が涙を流す泪橋が近づいている。

日は落ちて周囲は薄暗くなり、人の顔さえも判別しづらくなってきた。

骨ケ原（こつがはら）とも呼ばれる刑場に吹きすさぶ風は冷たく、風音は成仏できぬ罪人たちの咆哮（ほうこう）にも聞こえる。

求馬は襟を寄せ、身震いせざるを得ない。

もちろん、気持ちは仇討ちにかたむいている。

利のために凶刃をふるった荒尾源八郎を許すわけにはいかなかった。

得手勝手に五十崎の仇を討てば、鬼役に留まることを許されぬかもしれない。

泪橋を渡って刑場へ一歩踏みこめば、もはや、後戻りできぬような気もする。

だが、求馬の決断に揺るぎはない。

泪橋を渡ることに、何ひとつ躊躇いはなかった。

十二

翌夕、車善七が家宅を訪ねてきた。

迎えの駕籠はなく、手下らしき者たちの人影も見当たらない。

「よろしければ、従者のお方ともども、お越し願えませぬか」

行く先も告げられず、求馬と佐山は善七の背にしたがった。

導かれたのは日本橋浮世小路の料理茶屋、高価なことで知られる『百川』である。

「会津屋の酒席がございます。何でも、祝いの席だそうで」

「まことか」

伝右衛門の言ったとおり、まんまと灯芯造りの利権を得ることになったのだろうか。そうだとすれば、宴席に招かれた主賓は悪事の筋書きを描いた人物にちがいない。

「お察しのとおり、招かれた客の顔でも拝んでいただこうかと」

「客の名は」

「虹鱒屋兵庫之助、誰も知らぬ狂言作者にございます」

ごくっと、求馬は喉仏を上下させた。

善七の意図するところがわかったのだ。

佐山も緊張で頰を引きしめる。

「おまちがいにならぬよう。顔を拝んでいただくだけにございます」

荒事は望んでいないと、善七は釘を刺す。

もちろん、相手の正体を見極め、團十郎謀殺の確証を得ねばなるまい。

段取りも踏まずに白刃を抜くほど、鬼役主従も愚かではなかった。

善七に手招きされ、料理茶屋のそばにある稲荷(いなり)社の鳥居を潜った。

祠（ほこら）の裏手へ進むと、白塗りの幇間（ほうかん）が立っている。

「おふたりには、あちらになっていただきます」

なるほど、幇間に化ければ、座敷にあがることを許されよう。

上座に陣取る「狂言作者」の顔も、近くから目にできるはずだ。

ふたりは即座に事情を理解し、顔に厚化粧をほどこしてもらった。

髷を結い直し、粗末な着物を纏えば、幇間らしくみえなくもない。

「ふふ、殿、お似合いですぞ」

佐山は笑ったが、自分のすがたはみえていない。

座敷芸を披露するには大柄すぎて、かえって邪魔になりそうだった。

いずれにしろ、芸は本物の幇間に任せ、求馬たちは適当な賑やかしで座を盛りあげてやればよかろう。

「ちょっと待て」

ぽっと、求馬に妙案が浮かんだ。

「佐山、紀文に借りた台本の筋立て、おぼえておるか」

「ええ、だいたいは」

「ならば、それを演じてやろう」

求馬の考えを察し、佐山はぐいっと胸を張った。

「されば、それがしが不動明王の化身を。斧牛鞍馬之介なる家老を演じましょう」

「莫迦を申すな。おぬしは将門が憑依した高家、綺羅星上総介だ」

「やはり、斬られる役でござるか」

「あたり前田の加賀守（かがのかみ）」

芝居の段取りを打ちあわせ、善七の導きで茶屋の裏口から忍び入る。

ふたりは善七と別れ、大階段から二階へあがった。

広々とした座敷は二間つづきになっており、手前の八畳間には月代侍が三人も座っている。おそらく、主賓の連れてきた用人たちであろう。油断のない様子で、酒をちびちび嗜んでいた。

部屋と部屋のあいだには四枚開きの襖があり、片側の二枚は閉じたままになっている。襖を全開にして出ていかぬことには、主賓の顔を拝むことができそうになかった。

「ささ、お殿さま、お注ぎいたしましょう」

声の主は会津屋五兵衛であろう。

銚釐(ちろり)を提げて立ちあがった拍子に、みっともなく肥えたすがたが垣間見えた。

主賓の両脇には着飾った芸者が侍(はべ)り、太鼓や三味線を抱えた囃子方(はやしかた)も揃っている。

――とどん、とんとん。

やがて、調子のよい出囃子が鳴りはじめた。

本物の幇間が襖の向こうに飛びだし、物真似芸で客を笑わす。

座が賑やかになったところで、鳴り物がすっと止んだ。

「とざいとうざい。本日は格別な趣向で芝居の一幕をご披露つかまつりまする。筋書きはご存じ、無念腹を切った主君の仇討ちにござ候(そうろう)」

幇間の軽快な口上に合わせ、襖が全開にされた。

求馬と佐山の扮する討ち手と仇が左右に分かれ、まずは上座に向かって團十郎張りの見得を切ってみせる。

「よっ、成田屋」

掛け声を発したのは、気っ風が売りの芸者であろう。

――たんたん、たたたん。

絶妙の間で拍子木が打たれると、上座の客と醜く肥えた商人がぬっと身を乗りだしてきた。

求馬は客の顔をみる。

ふんぞり返った平目顔、ぽってりした唇だけがやけに赤い四十男であった。

「あの男……」

城内で何度か目にしたことがある。

——奥右筆仕置掛、速水数之進。

おもいだすまでもなく、役目と姓名が頭に浮かんだ。

訴訟捌きに並々ならぬ力量を発揮し、幕閣のなかでもことに老中首座の阿部豊後守から頼りにされている。役目柄、あらゆる訴訟手続きの詳細を知りつくしており、老中の御用部屋に出入りしては、一日に何枚もの署名や花押を貰い受けていた。阿部からは印判を預かっているという噂が立つほどの切れ者で、小藩の江戸家老や留守居などは歯牙にも掛けぬらしかった。

速水数之進ならば合点がいく。

どのような手を使ってでも、自分のおもいどおりに事を進めようとするだろう。

おもいどおりにならぬようなら癇癪を起こし、何をしでかすかわからなかった。

たとえば、灯芯造りの利権を弾左衛門から掠めとる程度の企ては立てようし、歌舞伎興行を支える團十郎を葬ることに一抹の躊躇いもあるまい。

まちがいない。この男がすべての筋書きを描いたのだ。

求馬は瞬時に確信したが、團十郎殺しに関わった確たる証しを得たいとおもった。

そのための余興芝居なのである。

芝居の素養など欠片もないが、仇討ちの殺陣なら演じてみせる自信はあった。

何せ、求馬も佐山も腰に本物の刀を差している。

座敷で真剣を抜いて斬りあえば、みている者の度肝を抜くのは容易かろう。

——しゅっ。

ふたりは白刃を抜き、一合、二合と打ちあった。

——かんかん、きいん。

刃と刃がかち合うたびに、火花が激しく畳に散る。

されど、速水と会津屋が瞠目した理由は、ふたりの幇間が披露する殺陣の迫力だけではない。

不動明王の化身が平将門を退治する筋立てこそ、動揺を禁じ得ぬ理由であった。

「待て、ちと待たぬか」

ついに我慢できず、速水が立ちあがった。

求馬は動きを止め、じっと速水をみつめる。

「何かご不審でも」

「仇は綺羅星上総介なる高家で、討ち手は斧牛鞍馬之介なる家老であったな」

「いかにも」

「台本を書いたのは誰じゃ」

「申せませぬ。それだけはご勘弁を」

「いいや、勘弁ならぬ。言わねば、首を刎ねてくれようぞ」

刀掛けに手を伸ばしたので、求馬はわざと狼狽えた。

「堪忍を……も、申しあげます。台本は、とある狂言作者の遺作にござります」

「狂言作者の名は」

「三升屋兵庫、舞台で壮絶な死に花を咲かせた初代團十郎にほかなりませぬ」

「待て、それはちがうぞ」

「えっ、何がちがうのでござりましょう。この台本、團十郎の供養にと、市村座のほうで芝居に仕立てたのでござります」

「市村座の舞台に掛けると申すか」

「はい、そのように伺っておりますが」

嘘も方便(ほうべん)と、求馬は胸の裡に囁いた。

突如、速水は笑いだす。

「のはは、ようできた台本であろう。作者はこのわしじゃ。この虹鱒屋兵庫之助が書いたのじゃ」

「仰る意味がよくわかりませぬが」

「何度も言わせるな。わしが書いたのじゃ」

「異(い)なことを仰る。それを証し立てできる方はおられましょうか」

「ここにおる。のう、会津屋」

「いかにも、それは速水さま……いえ、虹鱒屋兵庫之助さまがお書きになった傑作にござりますぞ」

傑作と言われ、速水は調子づいた。

「くふふ、團十郎め、わしを謀(たばか)って命を縮めたとみえる。ふん、最初から、その台本を芝居にしておれば、舞台で刺されずに済んだものを。姑息(こそく)にも、わしのを盗みおって。さようなことをするから、罰(ばち)が当たったのじゃ」

本音が漏れた。やはり、速水は團十郎の死を望み、自分のおもいどおりに事をすすめたのだ。

求馬は感情を露(あら)わにし、さらなる言質(げんち)を引きだそうとする。

「天罰ではありませぬぞ。團十郎は半六に刺されたのでござる」

「わかっておるわ。刺したのは半六よ。されどな、半六は台本どおりの役を演じたにすぎぬ。破門を申し渡されたがゆえに、匕首を握ったのじゃ。虹鱒屋兵庫之助は一流の狂言作者、團十郎がそれを素直にみとめておれば、凶行は生まれずに済んだはず。地獄へ堕ちたのは、おのれのせいじゃ」

半六が破門にされたはなしを知るのは、團十郎のごく親しい者たちだけだ。

速水の口から「破門」という台詞が飛びだしたことが、謀殺を企てた何よりの証しであろう。

おぬしこそ地獄へ堕ちねばならぬと、求馬は胸につぶやいた。

十三

團十郎を殺めたのは半六だが、そう仕向けた者たちの正体があきらかになった。

奥右筆の速水数之進は才がみとめられないことへの腹いせに、当代一の人気を誇る團十郎を手の込んだやり方で謀殺したのである。

また一方では、改易によって牢人とならざるを得なかった五十崎玄蕃を内与力の荒尾源八郎と結託して騙し討ちにし、悪徳商人の会津屋五兵衛が灯芯造りの利権を弾左衛門から掠めとるという道筋を描いた。見返りに法外な報酬を手にするのだろう。

許されざる三人に引導を渡すことに、求馬は何ひとつ躊躇いはない。

ただし、橘主水から密命を下されたわけではなかった。公人朝夕人の伝右衛門に言わせれば、それは團十郎の弔い合戦に託けた人斬りにすぎない。密命も果たさずに勝手な行動を取ったとわかれば、橘から何らかのお咎めがあるのは必定で、事と次第によっては御役御免を申し渡される恐れもあった。

「家は潰れてもよい」

志乃は平然と言ってのけた。

「受けた御恩は返す。人としてあたりまえのことをやるだけのはなしじゃ。おぬしがやらねば、わたしがやる。おぬしが死ねば、わたしが骨を拾うまで」

そうやって、求馬は強く背中を押されたのである。

暦の替わった弥生朔日、空一面は灰色の雨雲に覆われ、朝からしとしと雨が降りつづいていた。

「春雨にござる」

従者の佐山は槍でなく杵を手に提げ、ぶるっと武者震いしてみせる。

なるほど、草木にとっては恵みの雨だ。濡れてもさほど寒くはない。

ふたりは会津屋が店を構える本郷菊坂町に向かっている。

どんよりとした空をみれば日暮れ間近のようだが、おそらくはまだ正午に近い頃合いだろう。

湯島のほうから本郷大路をたどり、右手前方に加賀前田家の海鼠塀を見定めた辺りで左手に折れる。ここは本郷三丁目の肴店、持筒組の番士だったときは裏手の組屋敷に母とふたりで暮らしていた。この辺りは坂が多く、子供たちの遊び場となる寺領や空き地にも事欠かない。

目を瞑っても歩くことができるので、求馬が先に立ってどんどん進む。

しばらく歩きつづけると、三つ股に行きあたった。右手の急坂は鐙坂、坂を下りれば菊坂とぶつかり、菊坂を渡ってさきへ進めば本妙寺坂の上りとなる。

今も広大な寺領を有する本妙寺は、江戸の半分を焼け野原にした振袖火事の火元にほかならない。

「ここに札を立てればよいのですな」

佐山は杵のほかに、かなり大きな立て札を担いでいる。

――このさき崖崩れ。

と、立て札には虚偽の注意書きが書いてあった。

鐙坂の上り口を閉ざせば、的に掛けるべき荒尾源八郎は隣に並行する炭団坂をたどるしかなくなる。

文で誘った会津屋は、炭団坂が菊坂と交差する辺りにあった。

炭団坂は雨が降ると泥田になるので、荒尾は足許不如意な状態で坂を下りてこなければならない。

坂下で待ち受けていれば、こちらの優位は動かぬという読みである。

何せ、相手は円明流の手練、確実に仕留めるためには策を講じねばならない。

「荒尾は来ましょうかね」

佐山よりも、求馬のほうが案じていた。

さきに文使いを向かわせたのは、会津屋のほうだ。

——本日正午、約束の報酬を取りにまいる。

返す刀で、別の文使いを中町奉行所へ走らせた。

——本日正午、お越しいただければ一席設けます。

ぐれ宿の牢人たちに縄を打った件で、両者のあいだには報酬が発生しているはずだ。それを見込んだうえでの仕掛けだった。

佐山は坂道の中央へ踏みだし、もろ肌脱ぎになる。

立て札を地べたに突きたて、杵で力任せに叩きはじめた。

——がつっ、がつん。

深々と刺さった立て札に背を向け、ふたりは坂道を下っていく。

ほどもなく、菊坂に行きあたった。

左手に折れ、緩（ゆる）やかな坂道を下りていくと、三つ股の左手に泥田のような急坂がみえた。

炭団坂である。

道を挟んで正面には、うだつの高い商家が建っていた。

金縁の屋根看板には「会津屋　御用蠟燭」とあり、日の出の勢いであることは一目瞭然（りょうぜん）だった。

菊坂を下ったさきに、備後福山藩の下屋敷があることもわかっている。
十万石の大名だけあって、敷地は七万坪におよぶ。今の藩主は奥平松平家の殿さまだが、六年前までは譜代名門の水野家が福山領を治め、広大な下屋敷も同家の殿さまが拝領していた。

ところが、幼君の夭折によって水野家は改易となり、十万石から一万石に減じられたうえで能登の僻領へ転封となった。幕府から押しつけられた跡目相続では揉め、一部家臣のあいだでは籠城して抗うべしとの機運が盛りあがり、水野家の善政を信じる領民たちの多くにも支持されたものの、とどのつまりは重臣の説得に折れて城を明け渡さざるを得なかった。

野に下った牢人の数は二千人近くにおよんだが、武士の誇りを失わぬために各所で水野家牢人であることを名乗り、旧主君を追慕する機会をもった。幼君の急逝が皐月五日であったため、水野家に関わる武家では鯉幟を揚げない風習まで生まれたという。

城に籠城した五十崎玄蕃は「ぐれ宿」の住人となり、悪徳役人の誘いに乗って乞胸頭となった。そして、本人も懸念したとおり、謀反の首謀者にされて死んでいった。けっして、金に転んだのではない。同じ境遇の牢人たちをどうにかしたかったのだ。行き詰まりの露地裏で突破口を見出そうとしたにすぎぬ。そう、求馬はおもいたかった。

一方、会津屋五兵衛は灯芯造りの利権を得るために、荒尾源八郎を動かして牢人たちを捕縛させた。平然と五十崎の矜持を踏みにじったのだ。佐山の調べによれば、会津屋は六年前に水野家が改易となった際、同家御用達であった蠟燭問屋の株を買って創業したのだという。

改易にあたっては、老中の阿部豊後守が評定の場で正論を述べ、籠城を企てる家臣があれば容赦なく斬り捨てよと城代家老に命じたらしい。当時から奥右筆の地位にあった速水数之進は、豊後守の右腕となるべく強硬な意見を後押ししたにちがいなかった。

どのような経緯かは判然とせぬものの、新興の会津屋が蠟燭問屋の肝煎りにまでなった背景には、速水数之進の影がちらついている。両者はあきらかに、利によって結びついた。速水が金の生る木を得て、増上慢となったことは想像に難くない。

ふたりは炭団坂を背にしつつ、店のそばまで近づいた。

雨降りのせいか、表戸は頑なに閉ざされている。

「おや、何やら良い香りがしますな」

佐山がくんくん鼻を動かした。

たしかに、匂う。

「梅のようだな」

もうすぐ桜が咲くというのに、雨に紛れて梅の香りがそこはかとなく漂ってくる。

会津屋の敷地に、遅咲きの梅でも咲いているのだろうか。

「帚木のゐぐいは是にやみの梅」

求馬はおもわず、宝井其角の句を口ずさんだ。

「何ですか、それは」

佐山は首をかしげながら表戸を敲き、店の内に向かって荒尾の到着を告げる。

「内与力の使いじゃ。炭団坂で難儀しておるゆえ、主人みずから迎えにこい。おい、聞いておるのか、唐変木め」

聞こえているのかどうかもわからぬ。

求馬は踵を返し、歩きながら素早く袖に襷を掛けた。

額には鎖鉢巻きを締め、愛刀の法成寺国光の柄袋を外す。

「上々の御首尾を」

佐山に力強く送りだされ、泥田と化した坂道を上りはじめた。

十四

鹿島新當流の剣技は、鍛えあげた強靭な二枚腰から繰りだされる。

求馬に足腰のぐらつきは微塵もない。

呼吸も乱さずに坂の途中まで上り、ふいに足を止めた。

「来おった」

黒羽織の人影がひとつ、坂道を下りてくる。

まちがいない、荒尾源八郎であった。

向こうも異変に気づいたのであろう。

慎重な足取りで近づき、五間の間合で足を止めた。

胴間声を繰りだす。

「わしに何か用か」

「ああ、待っておった」

「ん、どこかでみた顔だな」

「おもいださせてやろう。市中引きまわしの沿道だ」

「あっ、おもいだした」

荒尾は口端に冷笑を浮かべる。

「あのときの鬼役か。幕臣のくせに罪人の肩を持とうとしたな。わしの命を狙うのは、五十崎とか申す男のためか」

相手の問いには応じず、求馬は逆しまに問いかけた。

「おぬしもかつては幕臣だったと聞いた。野犬を斬って御役御免となったにもかかわらず、よくぞ不浄役人に返り咲くことができたな」

「老中首座の阿部豊後守さまに拾われたのだ」

「ほう」

「たいしたはなしではない。豊後守さまの近習が、とある女中奉公の娘を手込めにした。女中はその場で舌を噛んで死んだが、旗本の娘だったがゆえに表沙汰にはできぬ。世間に知られれば藩の恥辱、老中の面目は丸潰れになるであろうからな」

醜聞を嫌う豊後守が、家老に揉み消しを命じたという。

「女中奉公の娘というのは、わしの可愛い妹でな。妹のおかげで阿部家には大きな貸しができたというわけさ」

「なるほど、ようわかった」

「いいや、おぬしはわかっておらぬ。わしに勝つ気でおるようだからな」

円明流は宮本武蔵流の源流、大小の刀を巧みに使う。

大を囮にして小で突き、小を翳して大で撫で斬りにするのだ。

求馬に封じ手はない。

得手勝手に太刀筋を頭で描けば、墓穴を掘るであろう。

相手の力量など、対峙して刀を合わせねばわからぬ。

「まいる」

荒尾は大小を同時に抜いた。

逆八の字に大きく構え、上から躙りよってくる。

「ふん」

求馬も抜いた。

茶花丁子乱の刃文が雨粒を弾く。

腰をどっしり落とし、肘をおもいきり張って本身を八相に持ちあげた。

鍔の位置は高く、こめかみの辺りにある。
鹿島新當流、引の構えであった。
無骨で土臭い見た目だが、実践ではすこぶる強い。
対峙する者を圧する構えでもあった。
「時時に勤めて払拭せよ、つねに煩悩の塵を掃すべし」
禅語を唱えれば、心は明鏡止水の境地にいたる。
剣の力量は禅心の深さに呼応すると、求馬は信じていた。
「や、えい、は、と」
口ずさむのは、神主の唱える祝詞か。
それとも、邪気を祓う呪いか。
「ぬおっ」
荒尾が先に仕掛けてきた。
八相からの袈裟懸けだ。
求馬は不動明王と化し、微動だにしない。
八風吹けども動ぜず。
巌の身を唱えたのは、円明流を修めた武蔵にほかならぬ。

それでも、荒尾は動かずにいられなかった。

みずからの力を過信し、相手を嘗めきっていたのだろう。

「死ね」

電光石火の袈裟斬りがくる。

右手一本で握った刀が、ぐんと鼻先へ伸びてきた。

求馬はゆらりと左転し、上段に霞んで受けながす。

一拍子で斬るとみせかけ、すっと身を引いた。

これが絶妙な誘いになる。

「もらった」

荒尾は嬉々として叫び、入身で飛びこんできた。

ずるっと足を滑らせながらも、左手に握った小太刀を差しだす。

——ずん。

小太刀の切っ先が、求馬の左胸に突きたった。

「ぐはっ」

求馬は片膝をつき、倒れたとおもったのもつかのま、前傾で大きく伸びあがる。

「えい……っ」

凄まじい気合いとともに、炎がほとばしった。

——ばすっ。

袈裟懸けの一撃が、荒尾の胸を斜めに裂く。

「のげっ」

荒尾は背を向け、這々(ほうほう)の体(てい)で逃げようとした。

だが、泥濘(ぬかるみ)に足を取られて進めない。

求馬は無言のまま、のっしのっしと近づいた。

「身は深く与え、太刀は浅く残して、心はいつも懸(か)かりにてあり」

流派の剣理を唱えつつ、刀身を真横に倒した。

両腕をまっすぐ伸ばし、刀身を横薙(な)ぎにぶん回す。

「はぁ……っ」

荒尾の首が宙に飛んだ。

「ひぇっ」

炭団坂の坂下から、肥えた男の悲鳴が聞こえてくる。

会津屋五兵衛であった。

佐山に首根っこを摑まれ、一部始終をみていたようだ。

坂道を転がった荒尾の首は泥団子と化し、もはや、首かどうかの見分けすらもつかない。

「悪党め、覚悟せい」

佐山は杵を振りかぶった。

——ずこっ。

会津屋は命乞いする暇もなく、杵の一撃に脳天を砕かれる。

鐙坂に立てた偽札のごとく、地中に埋めこむまでもなかった。

坂を下りてきた求馬の左胸には、荒尾源八郎の脇差が刺さっている。

「殿、それ」

「ああ、これか」

佐山に指摘され、求馬は左手で脇差を引き抜いた。

襟をぐいっと引きさげると、分厚い冊子が肌に貼りつけてある。

誰も知らぬ号を名乗る奥右筆の書いた台本だった。

「少しは役に立ちましたな」

佐山は呵々と大笑し、杵を脇へ抛った。

降りつづく雨の狭間に、梅の香りがまたも仄かに漂ってくる。

まだ終わったわけではないと、求馬はみずからに言い聞かせた。

十五

上巳の雛祭には、諸大名や旗本が公方拝賀のために挙って出仕する。

桃色や桜色の布衣や素襖、長裃や肩衣がめだつのは気のせいであろうか。

求馬は黒地の鮫小紋を纏い、一斤染めの肩衣を纏った奥右筆の背中を追っていた。

表向の右筆部屋を出て、御納戸口へ向かう途中の大廊下である。

さりげなく流水をあしらった一斤染めは、身分の高い大奥の御女中が大枚をはたいて注文するような代物におもわれた。

いずれにしろ、よほど金まわりがよいのだろう。

二日前に子飼いの会津屋と内与力が悲惨な死に様を遂げたにもかかわらず、何食わぬ顔で出仕し、朝から忙しそうに城内を歩きまわっている。

これほど歩きまわる奥右筆もめずらしかろう。

じつを言えば、昼餉の弁当にそっと腹下しの薬を入れておいた。

それゆえ、速水数之進は四半刻（三十分）に一度は厠へ立たねばならぬ苦境に追いこまれている。

求馬は二度ほどあとを尾け、引導を渡す好機を窺ったものの、いずれも予期せぬ邪魔がはいってあきらめねばならなかった。

「こたびが三度目の正直」

つぎはないという気持ちで厠へ向かうと、物陰から何者かの腕が伸びてくる。

ぐいっと襟を摑まれ、暗がりへ引きずりこまれた。

鼻先に公人朝夕人の顔がある。

「無謀にもほどがあろう」

早口で囁かれたので、恨みの籠もった目で睨みつけた。

「余計なお世話だ」

「ほう、城内で勝手に動くというのだな。どうなっても知らぬぞ」

「告げ口でも何でもするがいいさ」

「投げやりか。ひとつ教えておいてやろう。とある芝居の台本が、幕府のしかるべき筋に持ちこまれた。暴挙にほかならぬ討ち入りを壮挙と見立てた台本でな。筋立てても書きっぷりも稚拙だが、無視もできぬので筆頭目付のもとへ届けられた。

理由は作者の欄に記された号だ。三升屋兵庫と書かれておった」

「何だと」

「幕府の定めた大成令にもある。『前々も令せられしごとく、当世異事ある時、謡曲芝居小歌につくり、はた梓にのぼせ売りひさぐ事、弥々停禁すべし。戯場にても近き異事を擬する事なすべからず』……説くまでもなかろう。台本は禁令に触れておった。幕府の権威を嘲笑った内容でもある。半六なる者が殺らずとも、團十郎は権威に殺されていたにちがいない。そういうはなしだ」

「台本を書いたのは、團十郎どのではないぞ」

「何度も言わせるな。真実なんぞはどうでもよい。地位の高い者がその気になれば、嘘は真実になりかわる。團十郎は見事な立ちまわりで人気を博すようになったが、不動明王の生まれ変わりと奉じられるようになったのは、権威に抗う反骨心が人々の心をとらえたからだ」

なるほど、御上がもっとも嫌い、かつ恐れを抱くのは、身分の定かならぬ者の反骨魂にほかならぬ。

「御上にとって、團十郎は出る杭となった。それゆえ、幕閣のお歴々は叩きつぶす口実を探していた。そこへ都合よく、ぽんと台本が投げこまれたというわけだ」

「奥右筆の仕業か」

「さあな」

「くそっ、台本を書いた張本人が、わざとやったのだな」

「よほど未練があったのか、お歴々にも台本を読ませたかったのかもしれぬ。されど、さすがに、みずからの正体を明かすことはできなかった。それゆえ、團十郎のせいにしたのだろうよ」

「死人に笞打つやりようだな」

「狂言作者の才はないが、狙った相手を陥れることには長けておる。されど、奥右筆は墓穴を掘った。台本に書かれた字と本人の字をつきあわせれば、姑息な悪事は暴かれよう」

「暴くのか」

「たぶんな。罪が証し立てされれば、早晩、おぬしに密命が下されるはず」

「それを信じて待てと申すのか」

「待たぬ阿呆はおるまい」

ふっと、求馬は笑う。

伝右衛門は不審げな顔をした。

「何が可笑しい」

「後追いで下される密命など、もはや、密命ではあるまい。わしはおのれが信じた道を行く。どう処分されようと、座して受ける覚悟はできておる」

「そのままお伝えすれば、御役御免になろう。おぬしとて、ぐれ宿の住人にはなりたくあるまい」

「案じてくれてかたじけないが、これ以上は何もはなすことはない」

求馬は暗がりを逃れ、急いで厠へ向かった。

臭い厠にはいると、端のほうで速水が必死に唸っている。

ほかに人影は見当たらず、好機は今しかなかった。

求馬は用意した手拭いを手水の水に浸し、跫音を忍ばせて近づいた。

屈んだ速水の背後に立ち、後ろから素早く濡れ手拭いで顔を覆う。

覆うやいなや、手拭いを顎に引っかけて上に持ちあげ、身を反転させながら包んだ相手の顔ごと肩に担いだ。

「ぬぐ、ぬぐぐ……」

速水は爪先立ちになり、両手を必死にばたつかせる。

求馬はぐっと踏んばり、根が生えたように動かない。

「團十郎どのの仇だ」

速水の力が抜け、背中からずりっと下に落ちていった。

求馬は手拭いを肥桶に捨て、足早に厠から離れていく。

たどってきた廊下へは戻らず、御納戸口から外へ飛びだした。

中雀御門や中之御門、三之御門も足早に通りすぎ、下乗橋を渡ってからは小走りになった。

速水数之進を殺めた。

橘がどう判断するかはわからない。

伝右衛門の報告を聞き、数日後には御役御免を申し渡されることだろう。

あるいは、適当な理由をつけて切腹を命じられ、矢背家は改易となるかもしれない。

だが、悔いはひとつもなかった。

少しでも悔いがあるようなら、最初から仇討ちはあきらめていただろう。

さよう、これは仇討ちなのだ。

歌舞伎役者も、ぐれ宿の牢人も、身分が定まらぬというだけで軽んじられてよいはずはない。幕府は笑われても動じぬ度量の大きさをしめし、芸で身を立てようする者たちに活躍の舞台を与えつづけねばならぬ。禄を失った侍たちには手を差しのべ、侍の矜持を失わせてはならぬのだ。

これは、ただの仇討ちではない。

身分や地位を笠に着て悪事を重ねる者には、かならずや、地獄へ堕ちる運命が待ち受けている。そのことを肝に銘じさせるためにやったのだと、求馬はみずからに言い聞かせた。

快晴のもと、やってきたのは日本橋の芝居町である。

おもんの芝居茶屋で、志乃と待ち合わせをしていた。

紀文の声掛けで、團十郎を偲ぶ席が設けられるのだ。

佐山も猿婆も先着していることだろう。

二代目團十郎と後見人の生島新五郎も顔を揃えているはずだ。

求馬は懐中に手を入れ、奉書紙に包んだものを取りだした。

昨夜、車善七が持ってきた届け物だ。

長吏頭の弾左衛門から預かった御礼の品だという。

会津屋が亡くなり、灯芯造りの利権は弾左衛門の手に渡ることになるであろう。

奉書紙を開くと、会津の名産として知られる綺麗な絵蠟燭が二本はいっていた。

一本は團十郎の墓前に供え、もう一本は、ぐれ宿の弥勒堂に築かれた土饅頭に捧げるつもりでいる。

おそらく、弾左衛門もそのつもりで届けてくれたのだろう。

手向ける灯明の炎は、死者の魂にほかならぬ。

御霊を一瞬でもこの世に戻したいと願う者たちが、灯明のもとに集うのである。

五十崎玄蕃を亡き者にする密命が、そもそも何処からもたらされたのか。

今となってはどうでもよいことだと、求馬はおもった。

我に返れば、芝居町は喧噪に包まれている。

大立者の團十郎はおらずとも、その魂はこの町の隅々にまで息づいているような気がしてならない。

「芸の所作や迫力も、かならずや、二代目が継いでくれるでしょう」

紀文も泣き笑いの顔で、そう言っていたではないか。

「二代目か」

これからは注目しつづけよう。

梅が散れば桜が咲き、季節はことともなく巡っていく。

奉書紙に包んだ蠟燭を懐中に仕舞い、求馬は芝居茶屋の暖簾を振り分けた。

砂紋

一

一カ月前、如月なかば。

吉祥山正伝寺の枯山水に石はない。

白砂と杜鵑花の刈込みだけからなるが、白壁の向こうに屹立する比叡山が借景となって、方丈に参禅する者の心をとらえた。

見事な借景を眺めて心が和む者もいれば、心を掻き乱される者もいる。

今濡れ縁に座して庭に対峙する男は、血走った眸子で比叡山を睨みつけていた。

ぎりっと、歯軋りさえも聞こえてくるかのようだ。

いかん、これではいかん。

胸の裡でおのれを叱咤し、揺れる感情を抑えこむ。

――只管打坐。

煩悩を排し、ただ無心に参禅するのみ。

白砂に箒で描かれた砂紋をみつめていると、次第に心も静まっていった。

枯山水の庭には「獅子の児渡し」なる名が付けられている。茶人としても知られる小堀遠州の作庭と言われているが、絵図面を渡されて作庭に従事したのは山水河原者と呼ばれる庭者たちであった。

庭者は節季に応じて庭の手入れをおこない、やがて、主人を外敵から守る役目をも担うようになった。朝廷では庭衆や庭番と呼ばれているようだが、その正体は間諜の任を負う忍びである。

洛北にある臨済宗の禅寺に忍びが放たれた形跡はない。ただ、ご先祖が大量の白砂を運んだことは知っていた。当初は鞍馬山から大小の石を運ぶように命じられたが、小堀遠州の判断で取りやめになったという。

男に名はない。

――酒呑。

という綽名で呼ばれていた。

今も洛北の八瀬に住み、裏山に分け入っては薪を集めている。薪を洛中で売るだけでは生活が立たぬので、請われれば力者の役目も担った。裏山と繋がる比叡山延暦寺の宿坊に物を運ぶのである。ときには僧も運ぶ。延暦寺の高僧は年寄りばかりなので、駕籠に乗せてふたりで運んだり、背負子に座らせてひとりでも運ぶ。

高僧だけではない。洛中におもむき、皇族ばかりか、天子の輿をも担ぐ。朝廷に関わる大きな行事にはかならず呼ばれ、雅な公家たちを輿に乗せて担いだ。

そうした駕輿丁の役目を誇りにしてきたし、一族が生き残る術とも考えている。

長老によれば、先祖は不動明王の脇士である矜羯羅童子と制吒迦童子なのだという。矜羯羅童子は不動明王の「慈悲」を、制吒迦童子は「忿怒」を黴すそうだが、先祖はほかにも閻魔大王に使役した鬼であったなどとも伝えられていた。

それを証拠に、村外れには鬼の棟梁である酒呑童子を祀る祠があり、村人たちは秘かに鬼を奉じている。土器を造る土師のごとき渡来人であったとの説もあるが、長老もはっきりしたことは教えてくれない。たぶん、大昔のことは知らぬのだろう。

男たちはみな大きく、六尺（約一八二センチ）を超える者もざらだった。酒呑は大男たちのなかでひときわ大きく、背丈は七尺（約二一二センチ）におよぶ。横幅もあるわりにはすばしっこく、長老には「大猿」と呼ばれていた。されど、多くの仲間は「酒呑」と呼んだ。八瀬で一番の力者には代々、酒呑童子の名が冠されているのだ。

仄かに梅の香りが漂ってくる。

「腕に傷を負ったのか」

背後から喋りかけてきたのは、円環和尚であろう。

酒呑は振り向かずにこたえた。

「静原の連中と戯れあい、苦無で刺されたのでござる」

「静原冠者か。おぬしら、いつになったら仲直りいたすのじゃ」

「はて」

「苦無に毒が塗られておれば、おぬしの寿命は尽きておったぞ」

「毒に気づけば、腕を落として生きのびまする」

「くひょひょ、おぬしらしいの。泣き虫の洟垂れが、ようもここまで育ったものじゃ」

「余計なお世話でござる」

「昔話もたまにはよいではないか。おぬしはいつも、きかん気の強い志乃の背に隠れておった。子狸に似ておったゆえ、ぽん太、ぽん太と呼ばれてのう。今でも瞼の裏に焼きついておるわ。おぬしは志乃を、まことの姉のように慕っておったな。あやつ、里から去って何年になる」

「はて、忘れ申した」

「会いたいのであろう」

「いいえ、まったく。里を捨てたおなごになど、会いとうもございませぬ」

「強がりを言いおって。志乃には拠所ない事情があったのじゃ。おぬしとて、知らぬではあるまい」

「坂東の連中から騙されただけにござる。そうでないとすれば、里の暮らしは今よりもよくならねばならぬはず」

「一朝一夕に物事は進まぬ。長老にも、そうやって諭されたであろうに」

何もかも見抜かれていることが口惜しい。

それでも、和尚は強引に引き留めようとはしなかった。

「して、こたびの勝算は」

「勝算なくば、江戸なんぞに下りませぬ」

「さようか。まあ、行くがよい」

酒呑は苦い顔になる。

「和尚はいずれの味方か」

「どちらでもないわ。敵をつくらぬのが禅師ゆえな」

「禅師とは、都合のよいものにござりますな」

「雑念は捨てよ。参禅は身心脱落なり」

すべての雑念を捨て、あらゆる縛めから逃れる。

「それが参禅であると説いたは、延暦寺の僧侶たちにござりましょう」

「わかっておるではないか。さよう、身心脱落と説くは曹洞の黙照禅よ。臨済の看話禅はちがう」

「虎のごとく驟り、龍のごとく迸る。星のごとく馳せ、雷のごとく激し、天関をひるがえし、地軸をめぐらし……」

「……活殺自在なり。さよう、それが臨済の禅じゃ。森羅万象のことわりからみれば、人なんぞは砂粒のごときもの。人の生は瞬きのうちに終わる」

「だからと申して、見過ごすわけにはまいりませぬ」

「族を守るためか。まあ、致し方あるまい。されど、聖なる叡山を憎むでないぞ。権威の衣を纏って利を貪る坊主どもを憎むのじゃ」

「承知してござる」

「行くがよい。虎のごとく駆れば、道も拓けよう」

一陣の風が吹き、砂のかたちを微妙に変えた。

砂紋は心の襞にほかならず、時折、眺める者を動揺させる。

すでに、和尚の気配はない。

かそけき梅の残り香だけが、方丈の片隅に留まっている。

二

一カ月後、弥生十三日。

元号は元禄から宝永に改められた。

大地震や火山噴火などの天変地異がつづいたせいだ。

矢背求馬は千代田城に出仕し、あいかわらず、笹之間で毒味御用に勤しんでいる。

みずからの判断で奥右筆を葬ったというのに、橘主水からは何のお咎めもない。それはそれで不気味だが、仲介役の伝右衛門がうまくやってくれたのだろうと気楽に考えていた。

求馬より何倍もお気楽なのは、志乃である。

「上野のお山へ花見にまいろう」

などと誘うので、朝からみなで寛永寺へやってきた。

広小路をぶらぶら歩いて三橋を渡り、左手に不忍池を眺めながら黒門へ向かう。

広々とした空き地には露天の傘見世が散見され、蒼天を見上げれば烏凧がゆらゆら飛んでいた。右手の山下には町家が軒を並べ、冠木門を黒く塗った黒門の左右には袴腰と呼ばれる石垣が延びている。

ふたつある入口の左手から門を潜れば、そよ風に揺らめく松林が涼しげに出迎えてくれた。

花見客が大勢集まっているのは、右手にみえる観音堂の周辺である。

京洛の清水寺を模して建てられた堂宇の前後には、大ぶりの枝垂れ桜が今を盛りと咲きほこっていた。

「満開ですな」

「いいや、まだ八分咲きじゃ」

佐山の発する台詞を、志乃は言下に否定した。

さらにさきへ進むと文殊楼があり、左手には時鐘や大仏殿も見受けられる。大仏殿の周囲にも桜並木がつづき、大きな鐘楼を過ぎたさきには細長い回廊で結ばれた常行堂と法華堂がでんと構えていた。

求馬たち一行は常行堂の手前を左手に折れ、東照大権現宮のほうへ向かった。左手奥には雄壮な五重塔が屹立している。大権現家康公の威厳をこれでもかとしめす神域には諸大名から寄進された燈籠が所狭しと並び、別当もふくめた社殿の周囲には大ぶりな桜木が何本も植えてあった。

花見客は桜を愛でながら、いつの間にか徳川家のいやさかを祈念する仕掛けになっている。

「ふん、気に入らぬ」

禄を食んでいても、御上に格別な恩は感じていない。徳川家の威光など、どうでもよいし、そもそも、人が人の上に立って威張り散らすことを、志乃は何よりも嫌う。ろくにはたらきもせぬ侍が上に立つ身分制度そのものへも不満を持ち、女はか弱き者で男に尽くさねばならぬという考え方が、そもそもまちがっているとおもいこんでいた。

志乃は悪態を吐きながらも、綺麗な桜には目を向けた。

もちろん、三歩退がって主人の影を踏まぬようなおなごではない。先頭に立って闊達に歩きまわり、求馬たちを桜並木の下へ引きつれていく。

一行は常行堂に戻って渡り廊下の下を潜り、四方を回廊に囲まれた根本中堂へ向かった。

右手には雲水堂、左手には六角堂があり、参道のまんなかを進めば、多宝塔や一切経を収めた転輪蔵なども左右にみえてくる。

「ふうむ、凄い」

佐山は感嘆の声をあげた。

根本中堂の壮麗さは目を瞠るほどのもので、求馬は何度訪れても圧倒される。たいていの花見客は、御門の手前で踵を返した。だが、寛永寺の本坊は根本中堂の向こうにあり、気宇壮大な本坊の奥には歴代の将軍を弔う御霊屋もつづいている。何しろ途轍もなく広い。支院三十六坊をふくめた寺領は三十六万坪におよび、石高にして一万一千余を誇っていた。

当初は権威の色付けとして植えられた桜も、今ではすっかり江戸庶民に親しまれている。

志乃にとっても、寛永寺の境内は遊山(ゆさん)の地でしかない。

一行はのんびり散策しながら、黒門のみえる観音堂の辺りまで戻ってきた。

道端で騒いでいるのは、酒に酔った三下奴(さんしたやっこ)であろうか。

山(やま)同心が宥(なだ)め賺(すか)し、狼藉(ろうぜき)は止めよと諭している。

何やら、黒門の向こうが騒がしくなってきた。

身分の高い者の行列でもやって来るのだろうか。

大名かもしれぬし、代参(だいさん)の御殿女中かもしれぬ。

それにしては、人払いに勤しむ山同心たちが殺気立っていた。

しかも、行列は黒門のふたつある入口の向かって左手の御成(おなり)門に近づいてくる。

すわっ、綱吉公の参詣(さんけい)か。

求馬は志乃と顔を見合わせた。

だが、どうもちがうらしい。

行列は御成門ではなく、右手の入口へ方向を換えた。

御門を通りぬけてきたのは、黒牛に牽(ひ)かれた屋台車である。

江戸で牛車(ぎっしゃ)に乗ることが許されている人物といえば、唯一、東叡山(とうえいざん)寛永寺の貫(かん)

首しかいない。

「お山の大将か」

敵意の籠もった声で吐きすてるのは、志乃くらいのものだろう。

貫首とも座主とも呼ばれる公弁法親王は齢三十六、後西天皇の第六皇子として洛中に生まれ、今から十四年前に日光山の輪王寺門跡となって関東へ下向した。さらに、東叡山で一身阿闍梨の灌頂を受け、寛永寺の貫首になるとともに、比叡山延暦寺の天台座主にも就任した。

つまり、徳川家の奉じる天台宗僧侶の頂点に立つ人物ということになる。

真言立川流を邪法として糾弾する厳しい一面もあれば、京洛から早鳴きの鶯を数千羽も取り寄せる風流人でもあった。能筆家で学問の素養にも秀でているためか、ふたまわりほど年上の綱吉からも尊ばれ、月に二、三度は法話拝聴の名目で千代田城への登城を促されているという。

おそらくは、綱吉との目見得から戻ってきたところであろう。

公弁法親王を乗せた牛車はゆったりと、優雅な動きで進んできた。

見物人たちは左右の道端に正座し、地べたに両手をついてみせる。

「ふん、つきあうものか」

志乃は跪(ひざまず)くのが嫌なのか、いち早く観音堂寄りの松原を抜け、支院の脇から車(くるま)坂へ向かおうとした。

「ぎょええ」

突如、男の悲鳴が耳に飛びこんでくる。

無視もできず、一行は志乃を先頭に観音堂へ立ちもどった。

大勢の見物人たちが、蜘蛛(くも)の子を散らすように逃げている。

三下奴を叱っていた山同心が、抜き打ちにばっさり斬られたようだ。

三下奴はとみれば、黒装束のくせ者たちを率いて、牛車の一団を取り囲んでいる。

「うぬ、忍びか」

佐山が吐きすてた。

牛はじっと動かずにいるが、すでに轅(ながえ)から外されている。

左右に車輪をつけた屋形は庇(ひさし)のある網代車(あじろぐるま)のようだが、外を窺うことのできる脇の物見(ものみ)は閉められていた。

内に隠れる公弁法親王の様子はわからない。

黒装束の忍びの数は、十を超えていよう。

ただし、屋形を守る防（ふせぎ）の数も拮抗（きっこう）している。なかでも、薙刀（なぎなた）を構える僧兵らしき者たちは、みるからに屈強そうな連中だった。

「狼藉者め、ここは東叡山の寺領ぞ」

僧兵のなかでも首ひとつ大きな男が、禿頭（とくとう）を振りながら怒鳴った。

特徴のある十文字槍（じゅうもんじやり）を掲げている。宝蔵院（ほうぞういん）流の遣い手であろうか。

どうやら、その男が貫首の防を束ねているらしい。

忍びたちは何もこたえず、ふいに地べたを蹴りあげる。

二間余りも軽々と跳び、防の連中に棒手裏剣（ぼうしゅりけん）を投げつけた。

あるいは、忍び刀を抜き、僧兵の首筋や脾腹（ひばら）を裂いていく。

一方、忍びたちの何人かは、十文字槍の餌食（えじき）になった。

「羅刹（らせつ）さまが相手じゃ」

束ねの禿頭男が血の滴った槍を構え、みずからの異名を名乗りあげる。

黒門の一帯には怒声と悲鳴が錯綜（さくそう）し、血飛沫の舞う乱戦となった。

求馬たちは道端に佇み、固唾（かたず）を呑んで見守るしかない。

一見すると防の連中に分がありそうだが、隙間を縫うように屋形へ近づく人影がひとつあった。三下奴に化けた忍びにほかならない。

「猿婆」

目敏くみつけた志乃に命じられ、猿婆が低い姿勢で駆けだす。

乱戦の狭間を縫うように疾走するや、はっとばかりに跳躍し、黒牛の背を台にして蹴りつけ、中空で独楽のように回転しながら屋形に迫った。

「もう……っ」

牛が暴れだすなか、猿婆は屋形の御簾に手を掛けた三下奴に襲いかかった。

後ろから喉首に右腕を引っかけ、瞬時に首の骨を折ってみせる。

――ぐきっ。

三下奴は蹲り、動かなくなってしまった。

どうやら、その男が襲撃する側の束ねだったらしい。

ほかの忍びは闘うのを止め、潮が引くように去っていった。

「おぬしは何者じゃ。もしや、狼藉者の仲間ではなかろうな」

皮肉を込めて吐いたのは、十文字槍を提げた羅刹である。

問われた猿婆は何も言わず、苦笑してみせるだけだ。

志乃の背につづき、求馬と佐山も急いで駆けつけた。

「助けてやったのだぞ。糞坊主め、無礼にもほどがあろう」

口を尖らせる志乃のすがたをみて、羅刹が太い眉をひそめた。
風体から推して、旗本の妻女と見破ったのであろう。
羅刹が何か言い返そうとしたとき、屋形の前方に垂れた御簾が捲れあがった。
蒼白いうらなり顔が、内から微笑みかけてくる。
「命を助けていただき、かたじけない」
蚊の鳴くような声で囁いたのは、公弁法親王である。
羅刹を筆頭とする防の連中は、一斉に片膝をついた。
求馬と佐山も片膝をついたが、志乃と猿婆だけは立っている。
「これ、頭をさげぬか」
羅刹に低声で窘められても、言うことを聞く気はなさそうだ。
「よいよい、あとで褒美を取らせよ」
公弁法親王は鷹揚に構え、御簾の内に隠れてしまう。
小者たちが黒牛に替わり、牛車の轅を牽きはじめた。
防の連中も正面を見据え、しんがりから従いていく。
羅刹だけが転がる屍骸を避け、こちらへ近づいてきた。
志乃ではなく、求馬の面前で足を止める。

「どちらの御旗本でござろうか」

名を聞いて、褒美でも取らせるつもりであろう。

求馬に応じさせまいと、志乃が横から口を挟んだ。

「名乗らずともよい。褒美などはいらぬゆえな。さあ、まいるぞ。せっかくの花見が台無しじゃ」

羅刹の舌打ちを背にしつつ、求馬たちは惨状から離れていく。

一瞬、黒門の陰に何者かの殺気を感じたが、そちらをみても人影はない。

気のせいであろうとおもいなおし、求馬は志乃たちと黒門を潜り抜けた。

三

二日後、外桜田にある秋元但馬守の上屋敷に呼びつけられた。

会わねばならぬのは、留守居の室井作兵衛である。

お呼びが掛かるときは叱責されることが多いので、求馬は重い足を引きずって門を潜らねばならなかった。

用人に導かれたのは、床の間もない殺風景な控え部屋である。

「まるで、穿鑿部屋だな」

しばらく待たされたところへ、白髪の室井が音もなくあらわれた。杖術の達人でもあり、雲上を歩く仙人のごとき忍び足を会得しているのかもしれない。

「久方ぶりではないか」

見掛けは意気軒昂そうで何よりだが、懐かしい気はしなかった。

「御役目のほうはどうじゃ。お城勤めも馴れたであろう」

「いいえ、毎日初心を忘れぬように心懸けております」

「ふん、そのわりには役に立っておらぬようじゃな」

「えっ」

「裏の御役目じゃ。橘さまにご迷惑を掛けておるのであろうが」

地獄耳と噂される室井なら、奥右筆を斬った件を知らぬはずがあるまい。

「わしならば、即刻、御役御免を申し渡しておるところじゃ。橘さまは我慢強いおひとゆえ、もうしばらく様子を窺うおつもりなのであろう。ふん、まあよい」

室井は笑ったが、目だけは笑っていない。

「ところで、寛永寺の貫首を助けたらしいな」

誰が告げたのだろうか。

「佐山にござりますか」

「そうじゃ。されど、あやつを責めるな。偶さか、おぬしらを境内で目にした知りあいがおってな、わしのほうから佐山を呼んだのじゃ。何せ、あやつを矢背家へ仲立ちしたのはわしじゃからな。少しは恩を感じておろうとおもい、あれこれ問うてはみたが、あやつめ、肝心なことは何ひとつ喋らぬ」

「もはや、矢背家の者ゆえ、致し方ござりますまい」

「本人もそう申しておったわ。聞きたいことがあったら、当主に聞いてほしいとな。ふん、おぬしもそうじゃが、矢背家にはいった者はみな、ふてぶてしさに磨きが掛かるとみえる。それで、貫首を襲った忍びの素姓はわかったのか」

「わかりませぬ」

求馬が首を横に振ると、室井は「ふん」と鼻を鳴らした。

「おぬしだけがわからぬのであろう。志乃はたぶん、勘づいておるはずじゃ」

勘づいたのかもしれぬが、関わりは避けているようにみえた。

室井は懐中に手を入れ、黒い鉄の棒を取りだす。

そして、上から投げつけた。

――ばすっ。

咄嗟に身を逸らすと、膝元の畳に棒手裏剣が刺さっている。

「知りあいが土産にくれおった。忍びが使った得物じゃ。手に取ってみるがよい」

言われたとおり、棒手裏剣を畳から抜き、表と裏をじっくり眺めた。

「柄に家紋が彫ってあろう」

「並び雁に菊水ですな」

「めずらしい家紋じゃ。何処の家紋かわかるか」

「いいえ」

「それはな、丹波村雲流山神家の家紋じゃ」

「丹波村雲流、山神家」

「仙洞御所の庭衆よ」

「げっ、天子様の忍びにござりますか」

「天子様ではなく、仙洞様じゃ。洛中の勢力は天皇派と上皇派のふたつに分かれ、何年もまえから反目しあっておる。おぬしも、そのくらいは存じておろう」

東山天皇の後ろ盾は前関白の近衛基熙であり、十七年前に上皇となって院政を敷いた霊元上皇は基熙を目の敵にしてきた。幕府は上皇の影響力を除きたい天皇側についていたが、基熙は次期将軍と目される甲府宰相綱豊の岳父でもあり、本音では紀州家当主の綱教を継嗣にしたい綱吉は基熙に心を許しているわけではない。

「いつの世も一筋縄にいかぬのが、雅な連中の扱い方じゃ」

儒学に造詣の深い綱吉は尊皇の精神を重んじ、朝廷を蔑ろにすることはあり得ない。とはいえ、天皇派と上皇派の主導権争いには辟易としており、朝廷や仙洞御所との優れた橋渡し役を欲していた。公弁法親王は俗世から離れた門跡とは申せ、霊元上皇の甥であり、学問の素養もあって心置きなくつきあえる相手にほかならず、綱吉から橋渡し役として大いに期待されているのである。

求馬としては関心の向けようもない雲上人のはなしだが、綱吉と公弁法親王が親しくなった逸話はいくつか聞いていた。なかでも、公弁法親王の助言で元赤穂藩浅野家の浪士たちに腹を切らせた件は、誰かに真偽のほどを教えてほしい内容だった。

昨年正月頃のはなしである。主君の仇討ちを果たした浪士の処分をめぐっては幕閣内でも意見の対立があり、綱吉は難しい裁定を迫られていた。一度は切腹の断を下したものの、一方では浪士の命を惜しむ気持ちも捨てきれない。

あれこれ迷っていると、ひとつの考えが閃いた。

皇族でもある公弁法親王から助命嘆願があったことにすれば、将軍の権威を傷つけずに浪士たちを赦免できるのではないか。

閃いた考えをさっそく公弁法親王に告げたところ、言下に否定されたという。綱吉は万策尽きてやむなく切腹の命を下し、浪士たちは預けられた大名家の庭で見事に散ってみせた。数日後、公弁法親王は助命を可としなかった理由を問われ、浪士たちを生き長らえさせて世俗の塵に汚すよりも、切腹させることで尽忠の志を後世に残すべきであろうと応じた。そういう逸話である。

右の一件以来、綱吉と公弁法親王の仲は親密さを増したというが、もちろん、真偽のほどは確かめようもなかった。

ともあれ、棒手裏剣である。

霊元上皇のもとから忍びが放たれた理由など、求馬には見当もつかない。

室井は眸子を細め、声を一段と押し殺す。

「わざと家紋入りの棒手裏剣を残し、忍びどもの飼い主は正体を晒した。おそらく、殺す気はなかったのであろう。貫首を脅そうとしたのだ」

「脅しにござりますか」

「さよう、上様に近づきすぎるなという脅しよ」

綱吉や幕府の言いなりにならず、霊元上皇の意に沿ったはたらきをせよ、ということなのか。

「そんなことのために、忍びを江戸へ下らせたと」

「ああ、そうじゃ。仙洞様の取りまきなら、それしきのことはやりかねぬ。されど、脅しではなく、本気でお命を狙う者もおるようでな。たとえば、邪教と断じられた真言立川流の門徒たちじゃ」

公弁法親王の厳命により、一時は隆盛を誇った密教の一派が葬り去られようとしていた。儀式では荼枳尼天とともに髑髏を奉じ、読経のもとで男女が交わる邪淫を促すといった風評が、真言立川流とどう関わるのかはよくわからない。かりに風評のような事実はなく、他宗派への弾圧を天台密教の権威を高めるために利用しているのならば、由々しきはなしにほかならず、弾圧された側から刺客が放たれても自業自得と言うしかなかろう。

室井が「こほっ」と咳払いをひとつした。

「それにしても、よくぞ志乃が貫首を助けたものよ」

「どういう意味にござりましょう」

「わからぬのか」

志乃の里である八瀬の荘は比叡山と地続きゆえ、むかしから延暦寺と裏山の伐採権を争ってきた。八瀬衆にしてみれば裏山の薪は生活の手立て、これを失うのは死ねと言われるのに等しい。それゆえ、関わりの深い近衛家に願いでて、どうにか波風を立てぬようにしてきたが、延暦寺側はこのところ強行に裏山の所有を主張し、八瀬衆を追いだしにかかっているという。

「寛永寺の貫首は、延暦寺の頂点に立つ天台座主じゃ。裏山をめぐる積年の難題を解決すべきなのに、八瀬衆の訴えに耳を貸さぬどころか、力尽くで潰そうとすらしておる。本来ならば、折衷案を捻りださねばならぬお立場なのじゃ。されど、下々の訴えなど歯牙にも掛けぬ態度でな、わしなどからすれば弱い者いじめにしかみえぬ」

志乃が関わりを避けたがる事情もわかるような気がした。

「比叡山は伏魔殿のごときもの。志乃もわかっておるのじゃ。貫首ひとりの命を奪ったとて、詮無いはなしであろうとな。されど、事が今より深刻の度を増せば、八瀬衆も黙ってはおるまい。刺客でも下ってこようものなら、志乃の立場は危ういものになる」

里を取るか、抱え主を取るか。二者択一を迫られることにもなりかねない。

「御老中は、どうお考えなのでしょうか」

聡明な秋元但馬守ならば、どうにかしてくれるとの期待があった。

室井は溜息を吐く。

「裏山に関する裁定はさておき、殿はまちがいなく、貫首を死なせてはならぬと仰るじゃろう。まんがいち命を狙う者があれば、何人でも始末せよと、おぬしに命じるやもしれぬ。たとえ、それが志乃であろうともな。おぬしは黙って命にしたがわねばならぬ。妻を斬ってでも家名を守り、御毒味役をつづけねばならぬ。過酷な宿命を背負った者、それが鬼役なのじゃ」

鬼役の苛烈な覚悟を問うために、わざわざ上屋敷へ呼びつけたのであろうか。

それ以上は何も語らず、室井は席を立った。

求馬は頭を垂れ、来たときよりもさらに重い足取りで屋敷をあとにしなければならなかった。

四

公弁法親王を救ったことも、秋元屋敷に呼ばれて室井から釘を刺されたことも、三日経てば忘れてしまう。求馬は毒味御用を終えて帰路をたどり、市ヶ谷御門を渡って御濠を背にしつつ、浄瑠璃坂の手前までやってきた。

「爽やかな陽気にござりますなあ」

従者の佐山は暢気に言い、大名屋敷の海鼠塀をさりげなく見上げる。

塀の上からは、三椏の枝が垂れさがっていた。

三つに分かれた枝の先端には、小粒の黄色い花が咲いている。

枝を折りたくなったものの、高すぎて手が届きそうにない。

「殿、どうぞ」

佐山が半歩前に進んで屈み、肩車をしてくれた。

何やら気恥ずかしいが、三椏の枝に手を伸ばす。

——ばきっ。

折った途端、誰かに叱られた。

「これ、何をしておる」

通りの向こうから睨みつけているのは、白髪の隠居だった。

大名屋敷の門番ではなく、辻番の親爺にちがいない。裃姿の旗本にたいしても臆することがなかった。堂々とした態度に感服しながら「妻への土産に」と求馬が正直に応じると、辻番はにっこり笑って背を向けてくれた。

「かたじけない」

丸まった背中に礼を言い、佐山の肩から降りる。

戦利品を手に入れ、気分が高揚してきた。

「さあ、まいるぞ」

弾む気持ちで発するや、求馬は浄瑠璃坂を一気に駆けあがる。

負けず嫌いの性分ゆえか、上り坂に出会すと駆けだしたくなるのだ。

佐山のすがたは後方へ遠ざかり、やがて、みえなくなってしまった。

坂上から少し歩いて露地を曲がると、道端に女の物乞いが座っている。

近づいて小銭を恵んでも、物欲しそうな顔をしてみせた。

「えっ、これが欲しいのか」

せっかく手に入れた三椏だが、仕方ないのでくれてやった。

女の嬉しそうな顔をみて、善いことをしたとみずからを納得させる。

本心では口惜しい気持ちを抱えつつ、家宅の冠木門までやってきた。

門を潜って表口へ向かうと、庭の片隅に紫の小さな花が咲いている。

「菫か」

歩を進めて腰を屈め、摘もうとした手を引っこめた。

志乃が気づかぬはずはなかろう。今の自分と同じように、摘もうとして止めたにちがいないとおもったからだ。

表口の前に立ち、ひゅっと息を吸いこむ。

引き戸を開ける瞬間、いつも秘かに出迎えを期待した。

敷居をまたいでも志乃はおらず、勝手口のほうが何やら騒がしい。

裃姿のままで足早に廊下を渡り、竈のある三和土に顔を出してみた。

「あら、おもどりなされませ」

志乃が嬉しそうに振りむく。

「めでたき御仁がお越しになりました。ほら、あちらに」

天秤棒を担いだ「めでたき御仁」がぺこりと頭をさげた。

「お殿さま、賄いのお裾分けにございます」

中奥の御膳所でよく見掛ける顔だ。名は安永庄八、近所の組屋敷に住む気のいい庖丁方で、御納戸町の奥方たちに重宝されている。

「鉄炮洲の鱚に品川沖の石鰈、高輪の干潟で漁師が獲った蛤と浅蜊もございます。魚貝だけではありませぬぞ。角筈の百姓が摘んでまいった蕗に蓬、芹に独活、土筆に嫁菜なんぞもございます。もちろん、すべて賄頭さまの許しを得たものにござりますゆえ、どうかご心配なきよう」

「目移りするのう」

眸子を輝かせる志乃のかたわらから、猿婆が手を伸ばす。

摑んだのは、目の下二尺八寸（約八五センチ）はありそうな石鰈であった。

「お嬢さま、今宵は石鰈の煮付けにいたしましょう。それから、蛤も大きいのを三つ、四つ」

「そんなにいただいてよいのか」

志乃が遠慮がちに言うと、安永はすっと胸を張る。

「ご遠慮なきよう。お方さまは別格にござります。何せ、一人娘のすみれを酔漢から救っていただきました」

「むかしのはなしじゃ」

「いいえ、四月前のはなしにございます」

芝居町で顔見世興行を楽しんだ帰り道、偶さか路上で酔漢に絡まれていた娘を救ってやった。爾来、安永は志乃を神仏のように敬っているのだ。

「親馬鹿かもしれませぬが、目に入れても痛くないほど可愛い娘にございます。幼い時分に母親を病で亡くして以来、女房役をつとめてくれました。すみれを失ったら、それがしは生きておられませぬ」

「これこれ、縁起の悪いことを申すでない」

すでに何度も耳にしたはなしのようだが、お裾分けを頂戴する志乃としては渋い顔もできない。

「それほど可愛い一人娘を、おぬしは大奥奉公に出した。さぞかし、勇気のいったことであろうな」

「賄頭の寺門さまから、大奥の御膳立てを任せられる御仲居をご所望であると伺ったゆえ、煮炊きの得意な娘をおもいきって推挙いたしました。花嫁修業になるやもしれぬがどうだと本人に打ちあけたところ、十七の娘は眸子をきらきらさせ、やってみたいと申しました。それならばと、喜んで送りだしたのでございます」

「住み慣れた組屋敷から送りだした朝、おぬしは近所の目も憚らずに泣いておったな。わたしも貰い泣きしたほどじゃ。されど、案ずることはない。すみれ殿はしっかり者ゆえ、大奥でもみなに気に入られるはず。三年も我慢いたせば、立派になって戻ってまいろう」

「はい。それがしも娘に負けぬよう、日々一所懸命、御役に励みたいとおもっております」

物言いに少々堅苦しいところはあるが、もちろん、悪い男ではない。娘おもいの優しい父親なのだ。

「お殿さまもどうぞ、石鰈と蛤をお楽しみくださりませ。御役目では味わうお暇もござりますまい。御膳所の者で御毒味役さまのご苦労を知らぬ者はおりませぬ」

「ふむ、ありがたく頂戴しよう」

「それにしても、ご立派なおすがたであられますなあ。この場で申しあげるのもどうかとおもいますが、御膳所の連中は矢背さまのお美しいご所作に見惚れてござります。誰もが認めるとおり、鬼役のなかの鬼役は皆藤左近さまであられますが、皆藤さまのあとを引き継がれるのは、矢背さまをおいてほかにはおられまいと、みなで噂しあっております。どうか末永く、御膳所の者たちをお引き立てくださりますよう、あらためてお願い申しあげます」

唐突に褒められても戸惑うばかりだが、志乃がかたわらで何となく満足げにしているのが嬉しかった。

「さればこれにて、またの機会をお待ちくだされ」

安永はひょいと天秤棒を担ぎ、そそくさと勝手口から去っていく。

戸口の外へ見送りにでると、板塀の片隅に菫が一輪咲いていた。

「まるで、棒手振(ぼてふり)じゃな」

後ろから、志乃が囁きかけてきた。

「その菫を愛でにまいったそうじゃ」

「えっ」

「表口にも咲いておったであろう。もったいのうて摘まなんだが、かの御仁はそちらの菫もみつけておった。おおかた、可愛い娘のことをおもいだしたのであろうよ」

志乃が微笑む後ろでは、猿婆が大鍋に水を張っている。

俎板の石鰈がぴくっと動いたので、求馬はおもわず身を逸らした。

「ほほ、上様の御膳に乗り損ねたにしては活きがよいな」

志乃は朗らかに笑い、石鰈を指で突っついて遊ぶ。

求馬は眸子を細め、一抹の幸福をもたらしてくれた「めでたき御仁」に感謝した。

五

大奥はけっして平穏なところではない。

翌朝、千鳥之間と宇治之間とを分ける渡り廊下に、奥女中の悲鳴が響きわたった。

「天井から……お、御犬さまが」

渡り廊下の猿頰天井から、小犬の狆が宙吊りにされていたのだ。

首を刃物で裂かれており、廊下の畳には夥しい血が滴っていた。

狆を溺愛する飼い主は、千鳥之間にでんと居座る右衛門佐局であった。

公家出身の上臈御年寄として大奥の総取締を任されており、綱吉や桂昌院からの信頼も厚い。

千鳥之間の周囲は上を下への大騒ぎとなったが、すぐに箝口令が敷かれたため、表向（おもてむき）や中奥で一大事を知る者はいなかった。大奥内の不審事は大奥内で始末するべしとの不文律があるゆえか、綱吉の耳にも入れられておらず、求馬が控える笹之間にも不穏な噂はいっさいもたらされなかった。

ただし、それはつい今し方までのことだ。

「聞いておらぬのか。右衛門佐局さまはひどく落ちこまれ、床に臥せってしまわれたそうじゃ」

声を押し殺すのは、相番の「耳川（みみかわ）」こと美川彦蔵（みかわひこぞう）である。

毒味御用などそっちのけで、狆が宙吊りにされたはなしを聞かせようとする。

「こともあろうに、御犬さまを大奥の御廊下に吊るすとはな。前代未聞かつ言語道断な仕打ちにちがいなかろうが……」

ぷっと、美川は不謹慎にも吹きだしてしまう。

「……いや、すまぬ。ほれ、葬式の最中にどうしたわけか笑いを堪（こら）えきれなくなることがあろう。あれと同じよ。とんだ狆騒動のせいで、血相を変えた御女中たちが右往左往しておるにちがいない。それをおもうと、何やら妙に可笑しゅうてな。ま、いずれにせよ、もうすぐ中奥にも噂は広まろう。わしが何より知りたいのは、誰が右衛門佐局さまの狆を吊るしたかじゃ」

こたえらしきものを仕入れているらしく、美川は不敵な笑みを浮かべる。

はなしを遮ることもできたが、求馬はそうしなかった。

好奇心が疼くだけでなく、胸騒ぎをおぼえたからだ。

「大奥御膳所の御仲居がひとり消えた。今朝からすがたがみえぬらしい」

「御仲居にござりますか」

どきんと、心ノ臓が脈打つ。

美川は気づかずにつづけた。

「お鮹の綽名で呼ばれておる十七の娘でな。新米ながら煮炊きの腕前はなかなかのもので、みなに可愛がられておったとか」

「その娘、庖丁方の娘ではござるまいな」

「そのとおり、庖丁方の娘じゃ。姓は何と申したか」

御家人ゆえに、おぼえておらぬという。

ともあれ、御広敷の伊賀者たちもふくめて、右衛門佐局の意を汲んだ者たちがお鮹の行方を捜しているらしかった。

まんがいち、十七のお鮹が安永庄八の娘だとすれば、何者かの企みに巻きこまれたとしか考えられない。もちろん、狆を殺めるわけがなかろうし、娘にどのような運命が待ち受けていようとも、生きたままみつかることを祈るしかなかった。

「みつかれば過酷な責め苦を受け、罪を白状いたせば極刑にされよう。おぬしは知るまいが、右衛門佐局さまとは恐ろしいお方ぞ。お鮪にたいして、愛犬と同じことをするやもしれぬ」

「まさか」

　喉を裂き、天井から吊るすというのか。

　右衛門佐局は朝廷で重職を担った公卿の家に生まれ、霊元天皇の中宮となった鷹司房子に仕えた。延宝年間には仙洞御所で後水尾上皇にも仕え、そのときの呼称が右衛門佐だったと、求馬も室井から教わったことがある。

　二十七年前、綱吉とお伝の方とのあいだに鶴姫が生まれると、御台所の鷹司信子や妹の房子に請われて江戸へ下向し、鶴姫付きの上臈に抜擢された。鶴姫が紀州藩主の世嗣綱教に輿入れする際は随行したものの、しばらくして江戸城に戻され、公方綱吉付きの筆頭上臈御年寄として大奥の総取締を担うこととなった。

　有能で胆が据わっており、朝廷の儀礼などにも明るかったのだろう。が、それだけではない。近衛基熙の子息家熙が側室に姪の町尻量子を迎えていることから、父子で関白を世襲した近衛家との縁が深く、朝廷との橋渡し役もつつがなくこなしてきた。幕閣のお歴々からは「ぎくしゃくしがちな朝廷との関わりを善き方に導いてくれる」との評価を得ており、五十半ばとなった今も大奥の顔として欠かせぬ人物であることは言うまでもなかった。

「ここだけのはなし、たいていのお方は偉くなると周囲がみえぬようになる。ちょっとした失態でも、右衛門佐局さまの癇に障れば、叱責程度では済まされぬそうだ。大奥から追いだされ、娘を送りだした家は面目を失う」

最悪は改易となり、一族郎党ともども路頭に迷うはめになる。

じつは、そうした事例が後を絶たぬらしい。

「右衛門佐局さまを恨む者は、何人もおるということさ」

だからといって、女中たちに狆を殺めて廊下に吊るすようなまねができるはずもなかろう。

「わからぬぞ。御末のなかには力士組なる傑女たちもおるからな」

水桶をふたつ両手で軽々と抱えて長局を行き来し、身分の高い女官を乗せた重厚な網代駕籠を軽々と担ぎ、薙刀を持たせれば賊の首を平気な顔でちょんと刎ねる。そうした御末にかかれば、狆ごときはひとたまりもあるまいとでも言いたげだ。

「されど、新米の御仲居となれば、はなしは別じゃ」

「今朝方からすがたがみえぬからと申して、下手人と決まったわけではござるまい」

求馬が口を尖らせると、美川は小莫迦にしたように嘲笑う。

「いいや、決まっておるのさ。誰でもよいから罪を着せ、手っ取り早く狆殺しに蓋をする。真相はどうであれ、お鮪は罪に問われるに相違ない。右衛門佐局さまがそうせよと命じれば、そうなってしまうに決まっておる」

罪もない娘を兇悪な下手人に仕立てあげる。そのような理不尽なはなしがあってよいはずはない。噂好きな相番の邪推にすぎぬと、求馬は胸の裡に繰りかえした。

消えたお鮪の探索は、この日から丸二日掛けておこなわれたようである。

美川によれば、女中たちが起居する長局に二十五箇所ある井戸なども捜索され、ついに、お鮪は一之側の乗物部屋でみつかったという。

広々とした乗物部屋は長局に五箇所あり、各々、百に近い数の乗物が置かれている。一之側には身分の高い女中たちが暮らしているため、畏れ多くて乗物部屋の調べが最後のほうになった。

みつけたのは、御広敷の伊賀者だったらしい。

すべての乗物は黴を防ぐために油単で包んであり、上蓋だけは外されていたが、その乗物だけは上蓋が閉じてあった。恐る恐る上蓋を外すと、伊賀者は卒倒しそうなほどの血腥さに鼻を衝かれた。内を覗いてみると、血だらけになった娘の遺体が蹲っていたという。

娘はお鮪にまちがいなかった。

本名は安永すみれ、庖丁方の安永庄八が泣きながら大奥へ送りだした一人娘にほかならない。

求馬は最悪の事態にことばを失った。

「どうして、死なねばならぬのか」

血を吐くようなおもいで吐きすてても、庖丁方の愛娘は戻ってこない。

そして、不幸に追い打ちを掛ける出来事が起こった。

すみれが渡り廊下で狆を抱いていたと証言する者が出てきたのだ。

証言したのは宿阿弥なる五十がらみの大奥坊主であったが、もちろん、真偽のほどは判然としない。

だが、すみれは狆殺しの下手人とみなされ、父親の安永は即刻、差控つまり娘の罪状がおおやけにされることはなかろうが、安永も何らかの罪に問われるにちがいなかった。

美川の見立てどおりだとすれば、すみれは狆殺しの下手人に仕立てられ、何者かに口を封じられたことになる。だが、大奥総出で御仲居殺しの下手人を捜す気配はないという。

狆殺しの決着さえつけば、御仲居殺しのほうはどうでもよいのか。

求馬は怒りで握り拳を震わせた。

そもそも、いったい何故、すみれに白羽の矢が立ったのだろうか。

「くそっ」

頭を整理できずにいると、悲痛な一報が耳に飛びこんできた。

娘の遺体を納めた桶が不浄門とされる平川御門から運びだされた直後、安永庄八が謹慎を命じられていた組屋敷の庭で自害したのである。

刺身庖丁で首筋を断ったと知り、求馬はやりきれない気持ちにさせられた。

六

悲報は御納戸町を駆けめぐった。

「許せぬ」

志乃が激昂したのは言うまでもない。

怒りの矛先(ほこさき)は、大奥を差配する右衛門佐局に向けられた。

「罪もない娘に濡れ衣(ぎぬ)を着せおって」

真偽のほどはわからぬ。誰がどういった理由で庖丁方の娘を殺めたのかも判然としない。右衛門佐局はおそらく、これほど凄惨な結末を予測し得なかったはずだ。亡くなった娘の素姓も知るまい。ただ、草の根を分けてでも狆殺しの下手人を捜しだせと側近に命じただけであろう。

それでも、志乃の怒りはおさまりそうにない。

すみれの死によって、都合よく狆殺しに蓋がされることになったのだ。

「狆殺しは脅しじゃ。脅された理由は、おのれがようわかっておるはず」

右衛門佐局から直に真相を聞きだすしかないとでも言わんばかりに、志乃は眸子を三角に吊りあげる。

「できるはずがあるまいと、おもっておるのであろう」

本音を見抜かれ、求馬は空唾を呑んだ。

「なるほど、右衛門佐局の喉元に白刃を突きつけるのは、まだ早いかもしれぬ。まずは、真相をあきらかにせねばな。宿阿弥とか申す大奥坊主を締めあげてやろう」

「どうやって」

「猿婆を潜りこませる」

「えっ、大奥に」

「そうじゃ。おぬしは猿婆を助けよ」

「お待ちを」

大奥なんぞに潜入したことはない。

「塵箱爺(じんこじじい)にでも化ければ、どうにかなろう」

塵箱爺は大奥内の塵を集めてまわる黒鍬者(くろくわもの)の年寄りで、御末部屋の一隅に詰め所がある。だが、軽く命じられてできるほど生易(なまやさ)しいものではない。真相を解明したい気持ちはあるが、さすがに求馬は表情を曇らせた。

「おのれの身がそれほど大事か。同じ御膳所に籍を置く鬼役ならば、自害した庖丁方と娘の無念を晴らしてやらねばなるまいが」

志乃に叱咤され、背中をぱんと叩かれた。

そのときは、よしと気合いがはいったものの、翌日に出仕してからは針の筵に座らされた気分になった。

猿婆があらわれたのは暮れ六つ（午後六時）頃、夕餉の毒味御用も終えて厠に立ったときだ。

暗がりから枯れ木のような腕が伸び、袖口をつっと引かれた。

目を向ければ、墨を塗りたくった顔に白い目だけが笑っている。

塵箱爺に化けた猿婆が佇んでいた。

有無を言わせずに服を脱がされ、顔に墨を塗りたくられる。

古着に着替えさせられ、薄汚い白髪交じりの鬘（かつら）を着けられ、塵を集める空の炭俵（すみだわら）まで背負わされると、さっそく御広敷御門のほうへ導かれていった。

門の右手には商人が出入りする七つ口（ななぐち）があり、見張りの目が光っている。

正面の玄関にも伊賀者が控えており、塵箱爺は炭俵の内をかならず調べられた。

塵集めは朝夕の一日二度と定められている。本物の塵箱爺がどうなったのか案じられたが、今は目の前の関門を突破することだけに集中せねばなるまい。

「炭俵をみせよ」

伊賀者に問われ、爺に化けた猿婆は黙って炭俵を開いた。

ついでに、ぶっと臭い屁を放ってみせる。

「おえっ」

伊賀者は卒倒しかけ、ふたりはその隙に玄関を通りぬけた。

「ふふ、容易いものよ」

笑いかけてくる猿婆に向かって、求馬は詰めていた息を吐きだす。

いったい何を食えば、あれほど強烈に臭い屁を放ることができるのか。

問いかける暇も与えてもらえず、廊下を渡らずに外へ出て、一之側を巡りながら中枢に近づいていった。

めざす大奥坊主の控え部屋は、玄関からもっとも遠い北西の端にある。

大奥坊主は公方の閨で睦言の見届け役をしなければならず、閨である御小座敷のそばで控えるように命じられているようだった。

細い廊下を渡って、上御鈴廊下の端にある御鈴番所を通りぬけていかねばならない。

公方が大奥へ渡ってこぬかぎり、そちらは伊賀者の警戒が手薄なので、容易に忍びこむことができた。

そうはいっても、はじめての経験なので、求馬は背中にびっしょり汗を掻いている。

「わしに任せておけ」

猿婆は自信ありげに言ったが、大奥のこれほど深くまで潜入したことはないという。

しかも、宿阿弥なる大奥坊主をみつけだし、誰に命じられて狆を抱いた御仲居をみたなどと嘘を吐いたのか、どのような手を使ってでも口を割らせねばならなかった。

やはり、どう考えても無謀すぎやせぬか。

今さら不安に駆られても、引き返すことはできない。

夕暮れの逢魔刻（おうまがとき）である。猿婆の背につづいて薄暗い廊下をたどっていくと、得体の知れぬ魔物が棲む伏魔殿に紛れこんだような錯覚に陥った。

猿婆が足を止め、左隅の部屋に顎をしゃくる。

どうやら、御鈴番所らしい。

目端の利く御鈴口衆（おすずぐちしゅう）が交替で詰めており、見張りの目を盗んでさきへ進まねば控え部屋にはたどりつけない。

猿婆は跫音（あしおと）を忍ばせ、番所の脇を難なく通り抜けた。

つぎは求馬の番だ。

覚悟を決めて息を詰めたときだった。

後ろのほうから御末たちがやってくる。

求馬は壁に張りつき、じっと息を殺した。

御末たちは途中で右手に折れ、宇治之間のほうへ向かう。

ふうっと溜息を吐いたところへ、正面から何者かの気配が迫った。

「逃すな」

猿婆の声だ。

番所からは誰も飛びだしてこない。

女官たちは猿婆に眠らされたのだろうか。

考える暇もなく、小柄な人影がひとつ向かってきた。

求馬は刃物を帯びていない。

両手を横に広げ、通せんぼうの構えをしてみせた。

駆けてきたのは頭を丸めた皺顔の女、大奥坊主の宿阿弥にちがいない。

宿阿弥の背後からは、猿婆が影となって追いかけてくる。

「袋の鼠」

と、言いかけた刹那、宿阿弥がひらりと跳躍してみせた。

猿頰天井の角に張りつき、棒手裏剣を投げつけてくる。

「ぬっ」

咄嗟に身を逸らすや、手裏剣が肩口を掠めていった。

怯んだ隙に突破され、追いすがろうとするも、あまりの素早さに戸惑ってしまう。

宿阿弥は右足で畳を蹴り、鼻先の廊下を左手に曲がった。

そちらには、さきほどの御末たちがいるはずだ。

「くせ者じゃ。出あえ、出あえ」

案の定、騒がしい声が聞こえてくる。

惚けたように立ち尽くしていると、後ろから襟を摑まれた。

「たわけ、逃げるぞ」

猿婆だ。

御鈴番所のほうへ戻り、番所の内へ踏みこむ。

ふたりの女官が気を失っていた。

猿婆が気付け薬を嗅がせるや、はっと目を覚ます。

「くせ者にござる。方々が叫んでおられますぞ」

外では騒ぎが大きくなっていた。

驚いた女官たちは、部屋から飛びだしていく。

女官たちを見送り、廊下の反対側へ向かった。

猿婆が板塀を一枚外すと、難なく外へ出ることができた。

見張りが廊下の向こうへ遠ざかったのを確かめ、外の暗がりへ逃れる。

「あやつは偽者じゃ。本物の宿阿弥は死んでおろう」

「何と」

「口封じじゃ。一歩遅かったわ。されど、証しは摑んだ」

そう言って、猿婆は鉄のかたまりを寄こす。

宿阿弥の偽者が投じた棒手裏剣であった。

「柄に家紋が彫ってあろう」

「……な、並び雁に菊水」

「さよう、公弁法親王を襲ったのと同じやつらじゃ」

仙洞御所の霊元上皇に仕える村雲党が、大奥の深奥にまで触手を伸ばしているというのか。

「いったい、何のために」

低声で問うても、こたえは返ってこない。

猿婆は背をみせ、勢いをつけて駆けだすや、障壁となって立ちはだかる築地塀を軽々と乗りこえていった。

七

宿阿弥の屍骸は、井戸のなかでみつかったという。

故無き身投げとされたが、もはや、真相があきらかにされることはなかろう。

「やはり、大奥は伏魔殿であったな」

志乃がぽつりとこぼす。

「宿阿弥に化けた村雲党の忍びが、右衛門佐局の愛犬を殺めて吊るしたのじゃ」

御仲居のすみれは不運にも凄惨な場面に出会し、その場で殺められたあげく、狆殺しの下手人に仕立てあげられた。そうとでも考えねば、命を落とした理由は解くことができない。

村雲党の忍びは、何故、大奥に潜んでいたのか。

右衛門佐局が霊元上皇の意に沿わぬ動きをしたため、そばで監視をおこない、脅しを掛けたところまでは推測できる。ただ、それ以上は掘りさげたところで詮無いことかもしれない。下々の理解できぬ事情があるのだろう。

いずれにしろ、雲上人の思惑によって大奥に暗雲が垂れこめ、罪もない弱き者たちが虫螻（むしけら）のごとく殺められた。

「ぬう……っ」

この憤りを、いったい何処へぶつけたらよいのか。

丸めた拳で壁を叩いても、求馬の胸から痛みが消えることはない。

「安永どのと娘御の無念を晴らさねばな」

志乃は平静を装い、みずからを納得させるように繰りかえす。

何としてでも、大奥で逃した忍びをみつけださねばなるまい。

じつはもうひとつ、右衛門佐局の周辺でわかったことがあった。

愛犬の狆を殺められただけでなく、家宝の糞石（ふんせき）を盗まれていたのだ。

糞石とは糞の化石である。

「出世が叶う糞石らしいぞ」

志乃が言うには、右衛門佐局は一時京で隠居も同然の暮らしをしていたが、縁者の乳母から譲られた糞石のおかげで、とんとん拍子に出世を重ねるようになったという。伊賀者たちに「草の根を分けてでも狆殺しの下手人を捜しだせ」と命じたのは、家宝の糞石を取りもどしたいからにちがいなかった。

安永庄八のいない組屋敷の門は頑なに閉じられ、二本の竹竿でバツ印が組まれてある。

求馬はそれをみるたびに、言い知れぬ虚しさにとらわれた。

大奥潜入から二日後の夕刻、父娘への祈りが通じたのか、猿婆が村雲党に繋がる端緒をみつけてきた。

賄頭の寺門監物が怪しい動きをみせたので、それとなく探っていたのだという。寺門は安永の上役にほかならず、娘のすみれが大奥へあがる際もひと肌脱いだ。何らかの関わりがあるかもしれぬ、という猿婆の読みが当たったのだ。

求馬は志乃から「助っ人に行ってほしい」と頼まれ、着流し姿で永代橋の東広小路へやってきた。

従者の佐山を連れてこなかったのは、忍びに勘づかれる恐れがあるからだ。

佐山本人は不満を漏らしたが、志乃に「でかぶつはすっこんでおれ」と一喝され、沈黙するしかなかった。

猿婆と落ちあったのは、回向院の門前である。

表通りは陽が落ちても賑やかだが、裏通りへ一歩踏みこめば遊女屋が軒を並べる淫靡な空気に包まれていた。

「ふふ、おぬしが不得手なところじゃ」

猿婆は乱杭歯を剝いて嗤う。

寺門は遊女屋のひとつに入り、怪しげな連中と会っているらしい。

「会っておるのは村雲党の一味かもしれぬ。大奥で逃した忍びでもおれば、御の字じゃがな」

「されど、寺門某が何故」

「あやつも仲間なのさ。所作をみればわかる。あれは忍びの動きじゃ」

「わからぬ」

大奥坊主のように、賄頭に化けた偽者なのであろうか。それとも、最初から賄頭として潜りこんでいた間諜なのか。

「どっちでもよいわ。いずれにせよ、配下の安永庄八とその娘を悲惨な運命に導いた張本人であろうよ」

すみれは狆殺しの場面に偶さか出会したのではなく、最初から濡れ衣を着せられるべく大奥へ奉公させられた。そういうことなのだろうか。

「寺門が忍びの仲間なら、それ以外には考えられまい」

「ふうむ」

「下手の考え休むに似たり。寺門本人に聞けばわかるはなしじゃ」

「生け捕りにする気か」

「ああ。ただし、ほかの連中はあの世へ逝ってもらう。おぬしも宝刀を抜かねばなるまいぞ」

腰帯には法成寺国光を差している。柄を撫でる掌は汗ばんでいた。

夜が更けるまで、ふたりは物陰に潜んで待った。

――ごおん。

星の降る夜空を震わすのは、亥ノ刻を報せる鐘音であろうか。

女郎屋の戸が開き、男がひとり出てくる。

つんと、猿婆に袖を引かれた。

引かれずともわかる。軒行燈(のきあんどん)に照らされた顔は、見覚えのある寺門監物の顔にまちがいない。

さっと物陰から離れ、求馬と猿婆は左右に分かれた。

異変を察した寺門が、腰の刀を抜きはなつ。

その後ろから、ばらばらと人影が飛びだしてきた。

村雲党の忍びだ。

寺門を追いこし、はっとばかりに地べたを蹴りあげる。

猿婆のもとへはふたり、こちらには三人が襲いかかってきた。

「ふん」

求馬は抜刀し、頭上に向かって一閃する。

――びゅん。

白刃は空を切った。

見込みよりも上をいく。予想以上に手強(てごわ)い連中のようだ。

「ふふ、わしらと対等にやりあう気か」

寺門が後方で嘲笑う。

賄頭の面影はなく、盗賊の首魁(しゅかい)にしかみえない。

「おぬしが忍びを束ねておるのか」

求馬は詮無いことを聞いた。

「ふん、わしなんぞは下っ端よ」

「ならば、大奥坊主に化けた者が束ねか」

「蜻蛉か。ふふ、あやつも下っ端よ。仙洞御所の忍びをみくびるでないぞ」

猿婆が低い姿勢で迫り、下っ端のひとりを仕留めた。

使った得物は、大奥で拾った棒手裏剣である。

それが忍びの眉間に刺さっていた。

「へやっ」

求馬のほうも、頭上に迫った影を横薙ぎに斬りあげた。

「ぎゃっ」

二刀目は外さない。

影は両足を失い、地べたに顔を叩きつけた。

「ぬう、退けぃ……っ」

寺門の合図で残った三人が左右に分かれ、求馬の脇を擦り抜けていく。

「はっ」

脾腹を裂いてひとりは仕留めたが、ふたりは逃してしまった。

寺門とも一合打ちあい、やはり、脇を擦り抜けられてしまう。

三つの影がひとかたまりになり、露地の向こうへ遠ざかった。

「逃したか」

吐きすてた。そのときである。

「ぎゃっ」

「ぐえっ」

逃したはずの暗がりに、忍びの悲鳴がつづいた。

急いで駆け寄ると、露地の片隅に三つの屍骸が折りかさなっている。

寺門もふくめた三人の忍びが、一瞬であの世へ逝ってしまったのだ。

暗闇には雲を衝くほどの大男が佇んでいた。

求馬は腰を落とし、刀を青眼（せいがん）に構える。

「待て」

後ろから、猿婆に肩を摑まれた。

「おぬしは手を出すな」

「ん、そういうわけにいかぬ」

「いいから、わしの言うとおりにしろ」

どうしたわけか、猿婆の手が小刻みに震えている。

求馬は青眼に構えたまま、一歩も動くことができなくなった。

八

猿婆が跳んだ。

二間余りも跳躍し、巨漢の鼻先に迫った。

——ばしっ。

鈍い音とともに、猿婆が真横に吹っ飛ばされる。

素早すぎてみえなかったが、平手で頰を撲（なぐ）られたのだ。

「うわっ、猿婆」

呼んでも反応はない。

地べたに蹲ったまま、ぴくりとも動かずにいる。

まさか、死んだのか。

相手は手練（てだれ）の猿婆を一撃で倒すほどの強敵なのだ。

「虎のごとく驟り、龍のごとく迸る。星のごとく馳せ、雷のごとく激し、天関をひるがえし、地軸をめぐらし……活殺自在なり」

巨漢の唇は動いていない。

にもかかわらず、呪文のごときつぶやきが聞こえてくる。

「臨済の看話禅か」

「ふふ、ようわかったな」

巨漢が真っ赤な口を開き、重厚な声を響かせた。

「されば、まいろうか」

すっと腰を屈め、前触れもなく身を寄せてくる。

徒手空拳(としゅくうけん)であった。

おのれの拳以外に凶器らしき得物はない。

忍びの連中も拳で撲り殺したのだろうか。

ぶるっと身震いするや、大きな拳が鼻面を掠めた。

「ぬわっ」

何とか躱(かわ)したところへ、もう一方の左手が上から斜めに襲ってくる。

――ずさっ。

仰け反った胸を、着物ごと引き裂かれた。

「ぬぐっ」

激痛が脳天を痺れさせる。

羆のごとき左手の五本指には、鉄の鉤爪が嵌められていた。

咄嗟に胸を反らさねば、深傷を負ったにちがいない。

寺門たちはおそらく、鉤爪にやられたのであろう。

「ふん、よう避けたな」

巨漢は余裕の台詞を発し、すっと身を離す。

「小癪な」

痛みのおかげで、かえって胆が据わった。

肩の力も抜け、是極一刀の理が脳裏に浮かんでくる。

――水月。

肝心なのは立合いにおける座取り。まずは、水に映る月のごとく斬られぬ間合に身を置くことだ。是極一刀とは相手の動きを見極めることにほかならず、小手先で太刀を操る技巧のことではない。

そして、打つときは果敢に、斬られるのを覚悟で踏みこむ。

当たらぬ太刀は死に太刀と念じ、二の太刀、三の太刀と間髪を容れずに打ちつづけねばならぬ。

太刀間には一筋の髪の毛も入る余地はない。

打っても心を留めず、打って打って打ちつづけるのだ。

心を留めぬ所作の繋がりについて、新陰流を将軍家御流儀となした柳生宗矩は「幽」と呼んだ。「幽」の精神とは、煎じつめれば禅心の深さに呼応する。

「……活殺自在なり」

面前の巨漢も禅を究めているのであろう。

無念無想で迫る動きは「幽」にほかならず、柳生新陰流の奥義である無刀取りを修練してきたやにおもわれた。

素手の相手と見くびれば、痛い目に遭うと心得ねばならぬ。

相手の腕を太刀とみなし、躊躇なく打ちこまねばなるまい。

求馬はぐっと腰を落とし、両足を八の字の撞木足に開いた。

両肘を大きく張り、鍔がこめかみに触れるまで刀身を持ちあげる。

無骨としか言いようのない右八相、鹿島新當流引の構えであった。

巨漢は警戒しているのか、じっと動かない。

三白眼でこちらを睨み、微かな隙を探している。

「ふっ」

口端を捻るようにして微笑み、大きく一歩退がった。

「志乃が選んだ男か。なるほど、そこそこの力量じゃ」

「何っ」

「力むな。力めば、切っ先がぶれるぞ」

巨漢はそう言い、丸い瓜のようなものを投げてよこす。

地べたに転がった「瓜」をみて、求馬は息を呑んだ。

人の生首にほかならない。

「蜻蛉とか抜かす忍びの首じゃ。ふっ、ついでに、これもくれてやろう」

山なりに投じられたものを、求馬は片手で受けとった。

固くて軽い。炭のような細長い棒だ。

「糞石じゃ。さようなものを後生大事に抱えておるとはな、公家のおなごとは奇妙なものよ」

地べたに捨てたくなった。

右衛門佐局の探すお宝とはいえ、誰かの糞にはちがいない。

「酒呑が来たと、志乃に伝えよ」

重厚な台詞を残し、巨漢は闇の向こうに消える。

「……ば、化け物め」

刀を提げた途端、どっと汗が吹きでてきた。

猿婆のもとへ駆けつけ、肩を抱き起こす。

「おい」

からだを揺すると、猿婆は薄目を開けた。

どうやら、死んではいなかったらしい。

「……あ、あやつはどうした」

「消えた。糞の石を土産に置いていった」

「ふうん、なるほど。わしらよりさきに獲物を捕らえておったか」

「酒呑とは何者なのだ」

「洛北最強の男じゃ」

「えっ」

「わしの縁者でもあるがの」

撲られたにもかかわらず、猿婆は自慢げに胸を張る。

　求馬は首をかしげた。

「八瀬の山里から出てきたのか」

「ま、そういうことになろうな」

「いったい、何故に」

「やりたいことの察しはつく。確かめねばならぬのは、あやつが密命を帯びているかどうかじゃ」

「誰からの密命だ」

「おぬしには関わりない」

「何だと。わしは矢背家の当主だぞ」

「威張るな。ただの飾りであろうが。ともあれ、酒呑は志乃さまを試そうといたすじゃろう」

「どういうことだ」

「おぬしは知らぬでいい」

「何だと」

「八瀬の者にしかわからぬ」

　猿婆は立ちあがり、着物の埃（ほこり）を払った。

「ふん、酒呑め、手加減しおったな」

年寄り扱いされたことを、しきりに口惜しがっている。

酒呑はいったい、何を試すつもりなのだろうか。

おそらく、それは志乃が里を捨てて江戸へ下向した経緯とも深く関わってくるにちがいない。

以前に一度だけ、直に問うたことがあった。

秋元但馬守は幕府を守る剣となすべく、天皇家の影法師と畏れられた八瀬衆に白羽の矢を立てた。首長に繋がる家の女当主を幕臣にする。無理筋な要請を拒む道もあったであろうに、どうして、幕府の軍門に降ったのか。

求馬の問いにたいし、志乃は一度しか言わぬと前置きしてから、いざとなれば公方綱吉の命を狙えるからだとこたえた。あくまでも、おのれは「ご恩のある近衛家を守る」とも言った。

はたして、あのことばは本心だったのか。

もう一度確かめねばなるまいと、求馬はおもった。

九

酒呑という男について、志乃は何も語りたがらない。

求馬も執拗には聞けず、糞石を眺めては溜息を吐くしかなかった。

もちろん、御城に出仕すれば、気持ちを奮いたたせ、毒味御用に勤しまねばならぬ。

夕餉の御膳には石鰈の煮付けがつき、吸い物の実は大ぶりの蛤だった。

安永庄八の笑い顔が思い出され、たまらぬ気持ちにさせられる。

仕上げには、甘鯛の尾頭付きも供された。

鰭の先端に焦げ目がつき、身をほぐすと湯気がほんのり立ちのぼる。

鬼役は御膳の料理を味わってはならぬと教わったが、舌があれば美味しい甘鯛をどうしても堪能せざるを得ない。

修行の足りなさを痛感しつつ、杉箸を巧みに使って大小の骨を取り除いた。

尾頭付きの骨取りは、極度の緊張を強いられる。鬼役にとっては最大の難関だが、余計なことを忘れられるので、今宵はかえってありがたかった。

ただし、それもつかのまにすぎない。
毒味御用を終えると、猿婆の台詞が脳裏に甦ってきた。
――酒呑は志乃さまを試そうといたすじゃろう。
八瀬衆の多くは、志乃を「里を捨てた裏切り者」とみなしているのかもしれない。
将軍家に忠誠を誓う敵なのか、それとも里の民を救う味方なのか。
味方かどうかを確かめるために、何らかの踏み絵を踏ませる。
それが試すということではなかろうか。
「……踏み絵か」
酒呑のやりたいことの察しはつくと、猿婆は言った。
わざわざ、江戸へ下らねばならぬほどのことなのだろうか。
多くの出来事が一挙に起こったせいか、頭は混乱しかけている。
そこへ、救いの手を差しのべるかのように、橘主水から密命が下された。
「右衛門佐局をお守りせよ」
密命を仲立ちする役目は、公人朝夕人の土田伝右衛門である。
性懲りも無く厠の片隅で待ちかまえ、暗がりから囁きかけてきた。

「明日は台徳院様の月御命日。右衛門佐局は御台様の代参をつとめ、寛永寺の法要に参じられる」

第二代将軍秀忠公の御霊を祀った台徳院霊廟は芝の増上寺にあるが、寛永寺においても公弁法親王による法要がおこなわれる。それゆえ、身分の高い上﨟御年寄の代参があっても妙ではないが、右衛門佐局には代参とは別の目的があるようにおもわれた。

「ほう、何故にそうおもう」

「しかとはわかりませぬ。されど、公弁法親王さまと膝詰めで相談すべきことがおありなのではないかと」

「勘がよいな。おぬしなんぞに告げても詮無いはなしだが、まあ、知っていて損はあるまい。上様は先だって、洛中におわす霊元上皇さまがお怒りになるような取りきめをおこなわれた」

仙洞御所の改修に託けた寄進を認めず、以前から懸案とされていた祈禱所を開設する願いも取りさげたという。

「上皇さまの面目は丸潰れとなった。洛中におかれては、怒髪天を衝くほどのお怒りようらしい」

さっそく、仙洞御所内で院評定が開かれ、霊元上皇に任じられた波多野稀久なる院伝奏が京を離れた。

「『稀久が江戸へ着くまでに地均しをしておくように』と、上皇さまはふたりの人物へ文をしたためたそうな」

無謀にも、幕府の裁定を覆すつもりなのであろうか。

ふたりの人物とは、公弁法親王と右衛門佐局にほかならない。なるほど、ふたりの大物が口を揃えて進言すれば、さしもの綱吉も決定を覆すかもしれぬと、上皇ならずとも考えよう。

常は幕府側に取りこまれつつも、心情としては皇族に与する。ふたりの立場には共通するものがあり、将軍家も承知の上で高い地位に就けていた。もちろん、将軍家への叛逆は許さぬが、幕府としても金銭に関わる願いならば、ある程度までは聞きいれるつもりでいる。綱吉のふたりへの信頼が揺らがぬかぎり、江戸と京は良好な関わりをつづけられるはずであった。

ところが、京では上皇の勢力が幅を利かせ、天皇側と上皇側の双方は反目しながらおたがいの権限を主張しあって譲ろうとしない。

綱吉は朝廷の権威を重んじ、数多くの要望を聞きいれてきたが、このところは霊元上皇の我が儘につきあわされるのを嫌っていた。寄進も認めず、祈禱所の開設も却下することで、灸を据えようとしたのかもしれない。

「天子さまをお支えする近衛基熙さまならば、じっくり根回しをしたうえで事を運ぼうとなさるであろう。されど、上皇さまはどうも、まわりくどいやり方がお嫌いらしい。ご自分のおもいどおりにいかぬとなれば、何をなさるかわからぬおひとだ。意のままにならぬ者は滅してしまえと、息巻いておられるに相違ない」

意のままにならぬのは、公弁法親王と右衛門佐局のどちらなのであろうか。

「ふたりともさ。大奥に忍びなんぞを送りこみおって。上皇さまが墓穴を掘るご様子が目に浮かぶわ」

それにしても、わざわざ役目ちがいの鬼役が足労し、右衛門佐局を守る必要まであるのだろうか。

「脅しが効かぬとわかれば、つぎはおふたりの命を狙ってこよう」

公弁法親王は本堂から出てこぬうえに、屈強な僧兵どもが守りを固めている。

敵に好機があるとすれば、右衛門佐局のほうだろうと、伝右衛門は言う。

「駕籠を守る供人や伊賀者どもは、頼りない連中ゆえな。わしがみるかぎり、使いものになるのは力士組の御末たちくらいのものだ。わしならば、参詣の帰路を狙う。黒門を抜けた直後だ。袴腰には身を潜める物陰もあるし、忍びならば傘見世の物売りを装うこともできよう」

されど、右衛門佐局を殺めれば、上皇はまっさきに凶行を疑われよう。

求馬の懸念を、伝右衛門は一笑に付す。

「殺ると決めたら証しは残さぬ。それが村雲党の忍びよ」

「束ねの名はたしか……」

「……山神式部じゃ。洛中一の忍びと評されておる。手強い相手よ」

緊張のせいか、めずらしく伝右衛門は声を震わせる。

「それとは別に、気になる輩がおる」

「気になる輩」

もしや、酒呑のことであろうか。

求馬は、知らんぷりを決めこんだ。

「回向院の門前裏で、村雲党の忍びどもが葬られた。おぬし、何か知らぬか」

「知りませぬな」

「ふん、あいかわらず、嘘を吐くのが下手だな」

「えっ」

「忍びどもを葬ったのは、巨木のごとき大男であったとか。その場に、おぬしもおったのであろうが」

「何故にそれがしが」

「庖丁方の無念を晴らすべく、忍びどもの行方を追っていた。ちがうか」

何でもお見通しというわけだ。おそらく、橘もあらかたわかったうえで、厄介な密命を下したにちがいない。

「丈で七尺の大男と申せば、洛北におもいあたる者がひとりおる。そやつがわざわざ江戸へ下ってくるとすれば、目的はただひとつ、公弁法親王の首であろうな」

「げっ」

どうして、八瀬の男が公弁法親王の首を欲しがるのか、求馬には理由がまったくわからない。

ぐっと前のめりになるや、伝右衛門は身を引いた。

「わしの口からは、それ以上は言えぬ。座主の首を欲しがる理由が知りたくば、おのれの妻に尋ねてみるがいい」

それができれば苦労はしない。

「ふふ、明日は菅笠をかぶり、添番のひとりとなって防につくがよかろう。伊賀者どもには毛嫌いされようが、なあに、気にいたすことはない。それにな、局がまだ襲われると決まったわけではないのだ。杞憂に終われば、御毒味よりも楽な御役目ではないか。菅笠をかぶって袴の股立ちを取り、暢気な顔で黒門を通るだけでよいのだ。たったそれだけで、御役目を終えることができる」

それだけでは済まぬような気がしてきた。

図体の大きな佐山は連れていくなと命じられたので、敵に襲われたらひとりで対応せねばなるまい。

求馬は不安を募らせながら寝所に戻り、眠れぬ夜を過ごさねばならなかった。

十

翌朝。

求馬は添番に化け、右衛門佐局を乗せた豪華な駕籠の脇に従いた。

後ろには上臈部屋の仕切りを任された葛岡という局の駕籠がつづき、矢羽柄の着物を纏った部屋付きの多門たちが随従している。揃いの看板を着けた「力士組」と呼ばれる御末たちも駆りだされており、大小を差した供人のほかにも菅笠をかぶった添番や伊賀者たち、挟箱(はさみばこ)持ちや合羽籠(かご)持ちなどのすがたも見受けられた。

上臈御年寄の行列は十万石の大名並みとされ、老中の格式を踏襲(とうしゅう)する決まりになっているため、供揃いの数も予想以上に多く、一行のしんがりが黒門を通りぬけるまでにはかなりの時を要した。

公弁法親王による法要は、本尊の薬師(やくし)如来が奉安してある根本中堂でおこなわれる。

紺唐草(こんからくさ)の天鵞絨(ビロード)に包まれた駕籠は勅願(ちょくがん)門の門前で止まり、御使番(おつかいばん)が雪駄を置いて御簾を捲りあげると、下げ髪で色白の右衛門佐局が悠然とすがたをみせた。

地黒の打掛(うちかけ)に鬱金(うこん)の合着(あいぎ)を纏い、正面だけを見据えて堂々と歩みだす。

さすが、大奥の総取締だけあって見事な所作だなと、求馬も感嘆するしかなかった。

主人に追従する局の葛岡は髪を紅葉髷(もみじまげ)に結い、肥えたからだに縫箔(ぬいはく)入りの打掛を纏っている。

唐(から)様式の勅願門からさきは、葛岡のほかに少数の供人しか参詣を許されない。

求馬は外で待つ気でいたが、玉田小平太なる供頭に目顔で意味ありげに促され、防として同行する恩恵に与った。

橘が秘かに指図してくれたのだろう。

瑠璃殿の異称で呼ばれる豪華絢爛な根本中堂を一度は拝観したかったので、跳びあがりたくなるほど嬉しく、橘にたいして初めて感謝の念が湧き上がってきた。

勅願門を潜った瞬間、求馬は全身に震えをおぼえた。

真正面には、溜息が漏れるほど美しい瑠璃殿が建っている。

重層入母屋造の壮大な仏堂は、方形の流麗な回廊でぐるりと囲まれていた。

参道の左右に植わる竹は「竹の台」と称され、比叡山延暦寺の根本中堂から根分けされた由緒ある竹にほかならない。

振りあおぐ中堂の勅額には「瑠璃殿」とあり、霊元上皇の宸筆とされているが、じつは宸筆を真似て新たに作製されたものだった。瑠璃殿は綱吉の命で今から七年前に起工され、翌年の秋に落慶した。ところが、落慶の直後に大火で建物ごと焼失したため、数年後に再建せねばならなかった。本物の宸筆が燃えてしまったあと、霊元上皇は不吉におもったのか、二度と勅額を書こうとしなかったという。

そうした逸話を聞いているだけに、求馬は偽の勅額だとわかっていても感動を抑えきれない。

本尊の薬師瑠璃光如来は、近江石津寺の最澄が彫った仏像である。本尊を守る十二神将は出羽立石寺の円仁、脇壇の不動明王は延暦寺護摩堂の円珍によるもので、唐渡りの仏師が彫った毘沙門天は天海僧正が感得したとも言われていた。

右衛門佐局に従いて本堂へあがれば、そうした秘仏群をおのれの目に焼きつけることができる。だが、そこまで求めるのは贅沢というよりほかになく、案の定、求馬は竹の手前で傅くように命じられた。

法要がはじまると、僧侶たちの読経が中堂に殷々と響きわたった。だが、公弁法親王のすがたを目にすることはなかった。読経が終わっても右衛門佐局が出てこなかったのは、伝右衛門も言っていたとおり、公弁法親王とふたりで膝詰めの談判をおこなっていたからだろう。

右衛門佐局が中堂の外にすがたをみせたのは、正午に近い頃合いであった。

供頭の玉田は「ぐうっ」と腹の虫を鳴らし、恥ずかしげに苦笑いしてみせる。防の男連中は、控えめにみても頼りない。御門外に控える御末たちのほうが、身を挺して主人を守る覚悟ができているやにみえた。

御末は五人おり、肩から袖口にかけて蛇の染めつけをあしらった揃いの看板を着けている。束ねは縦も横もある野沢という御末頭で、御末たちはみな額に白鉢巻きを締め、肩に薙刀を担いでいた。常在戦場の精神を保っているのは、求馬がみたところ、野沢の率いる「力士組」しかいなかった。ほかの連中はおそらく、村雲党の忍びと対峙しても役に立つまい。

右衛門佐局と葛岡は勅願門を通りぬけ、待ちかまえていた駕籠に乗りこんだ。

雪駄を胸に抱いて列の先頭に駆けだしたのは、桐壺という御使番である。黒木綿の地に手綱染めの腰模様が映えてみえるものの、身分は御末と同等に低く、商家の娘であろうと容易に察せられた。

二挺の駕籠がゆっくりと動きだす。

丈の揃った陸尺はみな、ぞろりと長い紋無しの黒無地看板を着けている。

肩に担いだ黒棒には、金泥で葵紋が描かれていた。

陸尺たちはいっさい鳴きを入れず、常行堂と法華堂を繋ぐ空中廊下の下を潜り、文殊楼の御門下も通過し、そよ風に靡く松林を左右に眺めつつ、黒門に向かって静かに進んでいった。

観音堂の周囲に植えられた桜はすべて散り、今は躑躅が咲きはじめている。

黒門を潜ったところで、求馬はぐっと歯を食いしばった。

襲うなら門を抜けた直後、という伝右衛門のことばをおもいだしたのだ。

何も起こらない。

ほっと安堵の溜息を吐いた刹那、背後の黒門が重い軋みとともに閉じられた。

「うわっ」

長い行列が分断され、後ろの葛岡たちは門のこちらへ出てこられなくなる。

供人や伊賀者たちも、およそ半分は置き去りにされたかたちになった。

「すわっ」

左右の袴腰から、黒い影が躍りでてくる。

「くせ者じゃ、御駕籠を守れ」

叫んだのは、御末頭の野沢だった。

供頭の玉田は、鯉のように口をぱくつかせている。

陸尺たちは血相を変え、黒棒を担いだまま右往左往しはじめた。

黒い影が中空に跳び、棒手裏剣を投げつける。

「ぎゃっ」

御使番の桐壺が、血を吐いて斃（たお）れた。
供侍や伊賀者たちも、つぎつぎに斬られてしまう。
襲来する敵の数は、確認できるだけでも十五は超えていよう。
対する味方は倍の数を揃えていたが、劣勢を強いられるのは目にみえていた。
それでも、野沢率いる「力士組」は奮闘していた。
五人とも駕籠脇に従いてくれたのが、不幸中の幸いかもしれない。
「ねやっ」
野沢は気合いを込め、薙刀を振りまわす。
敵の忍びがひとり、胸をばっさり斬られた。
求馬も負けてはいない。
愛刀の国光を抜きはなち、ふたりを矢継ぎ早に葬った。
「おお、でかしたぞ」
褒めた玉田が喉を裂かれ、曇天に夥しい血を噴きあげる。
もはや、乱戦であった。
陸尺たちは堪（たま）らず、駕籠を地べたに落としてしまう。
そして、一目散に逃げだした。

「待て、待たぬか」

野沢の叫びは、金音と断末魔の叫びに掻き消される。

味方の屍骸が増えるなか、門の向こうに残された伊賀者たちが袴腰を乗りこえようとしてきた。

敵はそのための伏兵を残しており、顔を出した伊賀者たちへ一斉に矢を射掛ける。味方の屍骸がいっそう増えるなか、傘見世のほうからも親爺に化けた忍びが駆けてきた。

まるで、樽が転がってくるかのようだ。

凄まじい勢いで迫り、御末のひとりを斬りさげる。

「守れ、御駕籠を守れ」

声を嗄らす野沢は、全身に返り血を浴びていた。

御末たちは看板を血で濡らしながらも、右衛門佐局の乗る駕籠を守ろうとする。

樽のごとき忍びに、求馬は挑みかかった。

一合、二合と白刃をぶつけ、互角の闘いを繰りひろげる。

そこへ、新手があらわれた。

菅笠をかぶった添番のひとりが、突如、味方に牙を剝いたのだ。

背後から一閃、首を飛ばされたのである。

餌食になったのは、野沢だった。

「えっ」

御末たちは仰天し、敵の餌食になっていった。

菅笠の男は、とんでもなく強い。

もしかしたら、山神式部なる頭目であろうか。

人相はわからぬが、露出された顎は桃割れしている。

「くそっ」

求馬は樽男に手こずっており、桃割れ男と対峙できない。

不吉な考えが脳裏を過ぎった。

「くっ、これまでか」

桃割れ男が駕籠脇に取りつく。

「死ね、裏切り者」

吐きすてるや、刀を頭上に振りかぶった。

まさか、駕籠ごと右衛門佐局を一刀両断にするつもりか。

「止めろ」

叫んでも間に合わない。

桃割れ男が白刃を振りおろす。

——がきっ。

駕籠は断たれず、黒い旋風に包まれていた。

「ぬわっ」

桃割れの忍びが後方へ逃れる。

手にした刀は根元から折れていた。

何者かに折られたのだ。

「あっ、酒呑」

求馬は息を呑んだ。

七尺の巨漢が野良着姿で立っている。

御簾を引きちぎり、駕籠内から片方の腕で右衛門佐局を抱きよせた。

「ひっ」

駕籠から出された局は、気を失っている。

酒呑はぐったりしたからだを、ひょいと肩に担ぎあげた。

「……ど、どうする気だ」

問うた求馬の背後から、樽男が斬りつけてきた。

「ふん」

上段の一撃を躱し、逆しまに脇胴を抜いてやる。

「ぬぐっ」

樽男は血を吐き、その場に頽れた。

「退けっ」

菅笠の桃割れ男が下忍たちに命じる。

「おぬしが頭目なのか」

求馬の問いにはこたえず、桃割れ男はこちらに背を向けた。

袴腰の上に飛びのり、商家が集まる不忍池のほうへ遠ざかる。

生き残った下忍たちも、跳ねるように駆けていった。

それにつけても、酒吞である。

すでに、何処かへ消えていた。

少なくとも、右衛門佐局の命を狙ったのではなかろう。

むしろ、助けたように感じられた。

「どうして、助けたのだ」

みずからに問うても、こたえはみつからない。

黒門のそばには空駕籠がぽつんと残され、周囲には屍骸が点々としている。

「うっ」

あまりの血腥さに、求馬は気を失いかけた。

十一

敵は右衛門佐局を脅すのではなく、あきらかに命を奪おうとしていた。

公弁法親王との談判を天井裏で窺っていた忍びがいて、殺めるという判断を下したのかもしれない。だとすれば、その忍びは村雲党を束ねる山神式部にちがいなく、あらかじめ脅すか殺めるかの判断を任されていた公算が大きかった。

談判で交わされた内容など、求馬にわかろうはずもない。ただ、想像はできた。公弁法親王は霊元上皇の怒りを鎮めるべく、右衛門佐局に幕閣への根回しを依頼した。それを右衛門佐局は頑強に拒んだのではないか。たとえば、上皇に尻尾を振るようなまねはしないと突っぱねたとするならば、村雲党に命を狙われても不思議ではなかろう。

ところが、敵は失敗った。もう少しのところで、酒呑に邪魔された。

「それにしても……」

八瀬の男はどうして、右衛門佐局を助けたのだろうか。

伝右衛門によれば、酒呑は公弁法親王の首を欲しているという。

その理由は志乃に聞けとも言われたが、尋ねてみる勇気はない。

弥生も穀雨の季節を迎え、目に映る新緑は日毎に色を濃くしている。

求馬はふとおもいたち、駒込の追分までやってきた。

左手の中山道ではなく、右手の日光御成街道をたどり、駒込肴町のさきで四つ辻を右手へ曲がる。さらに、四軒寺の狭間を抜け、世尊院の門前を過ぎて千駄木の団子坂を下り、藍染川にぶつかったところで左手に折れた。

そこからさきは川沿いの田圃道をひたすら歩き、下駒込村の蛍沢、南久保と通り過ぎて右手の新堀村へ向かう。

泥濘んだ田圃の畦道をしばらく進むと、めざす青雲寺の山門に着いた。

青雲寺は臨済宗の名刹、十五の頃から剣と禅の修行にあけくれた寺である。

近くの道灌山は虫聴の名所で、麓の与楽寺も桜の名所にほかならず、弥生の初め頃には行楽客でこの界隈も賑わうが、今は閑寂としていた。

訪れるのは昨年の如月以来だ。そのとき畦道にはまだ霜が張っていた。

迷いを断ちきるためには、剣の師である慈雲(じうん)和尚と立ちあわねばならぬとおもった。ただの一度も手合わせしてもらったことがなく、内心では恩師の力量をはかりかねていたのだ。

一手指南を願いでると、和尚に厳しい口調で窘められた。

——煩悩の犬になりさがった者の欲心じゃな。

禅寺の道場は木刀を打ちあう場ではない。わかってはいたが、どうしてもおのれの力量が知りたかった。

「浅はかであったな」

一年余りの歳月を経て、求馬は頭を垂れながら山門を潜った。

掃き浄められた甃(いしだたみ)を歩けば、心が洗われたような気分になる。

座禅を組む道場の入口には、あいかわらず「看脚下(かんきやっか)」と墨書された板が立ててあった。

道場に人の気配はない。

慈雲和尚がいるのかどうかもわからなかった。

青雲寺は誰にでも門戸を開けている。

参禅したい者は濡れ縁に座し、黙想すればよい。

じっと目を瞑れば、立ちあってくれた和尚の動きがつぶさに甦ってくる。

――ひゅん。

鼻先に伸びた木刀の切っ先を躱し、求馬は斜め下から片手打ちに払った。

和尚の身には掠りもしない。

――身は流動して滞らぬこと。

正面突きを払おうとして空を切り、蹈鞴を踏みそうになる。

すかさず、羽がふわりと舞いおりるように肩を打たれた。

求馬は歯を食いしばり、胴打ちを狙う。

和尚はひらりと躱し、五間向こうに遠ざかった。

身のこなしは、還暦のそれではない。へなへなと頼りなげにみえて、いざというときは一本すっと芯が通ったようになる。

和尚は立ちあいながら、心の声を伝えてきた。

――八風吹けども動ぜず。宮本武蔵が体現した巌の身は、対峙する相手よりも覇気に勝るべきことを説く。覇気に勝るとはすなわち、死を覚悟することなり。

求馬は木刀を右八相に構え、だっと板を蹴りつけた。

袈裟懸けに打とうとするや、和尚のからだが独楽のように回転しだす。
――相手に動きの痕跡をみせぬが肝要。
突如、木刀の切っ先が迫り、ぶわっと眼前で膨れあがる。
驚いて立ち惚けていると、つんと手首に触れられた。
突きに気を取られた隙に、手首を落とされていたのだ。
口惜しさが喉元まで迫りあがり、我慢できなくなった。
求馬は両足を撞木足に開き、木刀を大上段に振りかぶる。
大きく一歩踏みだし、真上から渾身の一刀を振りおろした。
――甘いぞ。
慈雲は離れず、懐中へ飛びこんできた。
――敵刀我肋一寸を切り掛かるとき、我刀早くも敵の死命を制するなり。
相討ち覚悟で敵中に飛びこむ肋一寸、心の声は新陰流の剣理を唱えていた。
喉を突かれ、腹を斬られ、仕舞いには心まで裂かれた。
肉体の痛みは毛ほどもないのに、立っているのがやっとだった。
求馬は荒い息を吐きながら、切っ先の震える木刀を青眼に構える。
――拍子を知れ。五感で兆しを察するのじゃ。

剣は交えずとも、慈雲和尚は何年もかかって、さまざまな流派の奥深い剣理を叩きこんでくれた。そのひとつひとつを身に染みこませることこそが、求馬に課された修行だったにちがいない。

――つまるところ、禅は無の一字に帰する。剣とて同じ、みずからを常のごとく、無の境涯に置かねばならぬ。

和尚はとうていかなわぬ相手だった。それがわかっただけでも、挑んだ甲斐はあったのかもしれない。

――強くなりたければ、おのれの弱さを知ることじゃ。

和尚に諭されたことばはすべて、胸に刻まれている。

――修羅の道を進まんとするならば、呵責無く殺人刀をふるう覚悟を決めねばならぬ。師に逢いては師をも殺し、親に逢いては親をも殺し、仏に逢いては仏をも殺す。それが臨済禅師の教えじゃ。

わかるかと問われ、何故か、とめどもなく涙が溢れた。

慈雲和尚の真髄に触れたことで、十五の頃からおのれひとりで営々と積みかさねてきた修行が報われたようにおもえたのだ。

――今日で修行は終わりじゃ。おぬしがこののち、死のうと生きようと、わしは一切関知せぬ。さあ、行け。修羅の道を進むと申すなら、二度と寺の山門を潜るでないぞ。

師のことばは一生の宝、よもや忘れることはあるまい。

求馬は深々とお辞儀をし、後ろもみずに道場を去った。

訪れるのは、それ以来のことだ。

本意ではないが、修羅の道を進んでいる。

山門を潜ってはならぬと言われたが、どうしても青雲寺の庭がみたくなった。

座禅を組みたければ、勝手に組むがいい。

和尚にそう言われているような気がした。

目を開ければ、瞼の裏に何度も浮かべた風景が広がっている。

枯山水であった。

なかでも、亀石（かめいし）を際立たせる砂紋を眺めるのが好きだった。

――また、悩んでおるのか。そうじゃ、人は死ぬまで悩みつづけねばならぬ。

和尚のことばが耳に聞こえてくる。

――いかに剣の形をおぼえ、剣理や剣技を習得したとて、心がともなわねば何の役にも立たぬわ。問われておるのは、禅心の深さじゃ。

何度となく聞かされた教えだが、新鮮な響きとなって胸に迫る。

一陣の風が吹き、砂のかたちを微妙に変えはじめた。

――虎のごとく驟り、龍のごとく迸る。星のごとく馳せ、雷のごとく激し、天関をひるがえし、地軸をめぐらし……活殺自在なり。

風音とともに、臨済の看話禅（かんなぜん）が聞こえてくる。

ふと、酒呑の顔が浮かんだ。

砂紋は心の襞（ひだ）にほかならず、時折、眺める者を動揺させる。

やはり、慈雲和尚はすがたをみせない。

求馬は陽が落ちるまで、濡れ縁で座禅を組みつづけた。

血戦の松原

一

卯月（うづき）朔日、この日から殿中では足袋（たび）の使用が禁じられた。綿（わた）を抜いた小袖の色は赤味がかったものから緑や青に変わり、肩衣や袴の紋様も菖蒲（あやめ）や杜若（かきつばた）や青海波（せいがいは）などの夏らしいものが増える。

求馬は萌葱（もえぎ）色の小袖に松葉（まつば）色の継裃（つぎがみしも）を纏い、夕餉の毒味御用に備えるべく笹之間へとつづく廊下を渡っていた。

「もし、矢背さま」

背後から声を掛けられて振り向くと、中奥では見掛けぬ顔の坊主が立っている。

「暮れ六つを過ぎたら、大奥の御広座敷をお訪ねくださりますよう」

「えっ」

「しかとお伝え申しあげましたぞ」

坊主は問いかけを拒むように一礼し、長い廊下の向こうへ遠ざかっていく。

どうして鬼役の自分が大奥の御広座敷へ足労せねばならぬのか、身におぼえがないだけに不安だけが募った。

笹之間で毒味に勤しんでも、御役に集中できない。

それでも、どうにか御用を済ませ、控え部屋で暮れ六つになるのを待った。

気後れがするものの、行かぬという判断はできない。とりあえずは足を向け、相手の正体と目的を見極めねばならぬとおもった。

日没となり、求馬は部屋から廊下へ出ると、跫音を忍ばせて御台所御門へ向かった。

一度外に出てからでなければ、大奥へ入ることはできない。御広敷御門には厳めしげな門番が控えており、右脇の七つ口へ出入りする商人たちに目を光らせている。御広敷役人と伊賀者以外は通さぬはずだが、求馬は誰何(すいか)もされずに御門を通りぬけた。

どうやら、はなしがとおっているらしい。

玄関口でも伊賀者に誰何されず、すんなりと廊下にあがって右端の御広座敷へたどりついた。

閉めきられた襖を面前にして、さすがに躊躇ってしまう。

本来は身分の高い女官が表役人と対面する部屋なので、二百俵取りの鬼役が踏みこむことは許されない。

やっぱり、止めておくか。

踵を返しかけた刹那、すっと襖が開いた。

「何を遠慮しておる。早う入らぬか」

上座のほうから、女官の疳高い声が聞こえてきた。

藪睨みで睨みつける面相には見覚えがある。

葛岡か。

右衛門佐局に仕える部屋付きの局にちがいない。

もちろん、主人の意を汲んでのことだろうが、寛永寺で添番に化けて敵を阻んだはたらきはばれていないはずだし、名指しで呼ばれた理由は見当もつかなかった。

襖を開けた多門は、何処かへ消えてしまう。

「近う。そちらにお座りなされ」

「はっ」

促されるがままに、求馬は膝行した。

葛岡のほかには誰もいない。殺風景な八畳間は薄暗く、紅葉髷に結った女官の白い顔だけが有明行燈の光に浮かんでみえる。広小路の見世物小屋にいる「ろくろ首」を連想させた。

「さっそくじゃが、おぬしのことはちと調べさせてもろうた。興味深いことがいくつかあったぞ。まずは、おぬしの妻女が八瀬荘の生まれであるということじゃ」

葛岡は喋りを止め、こちらの様子をじっと窺う。

求馬は動揺を悟られまいと、奥歯を嚙みしめた。

「わらわは京にあった頃から、右衛門佐局さまにお仕え申しあげておる。洛北の八瀬荘がどういうところかも存じておるわ。おかげで、御局さまを救った大男の正体がわかった。あれは八瀬の男に相違ない。そうであるなら、あの者が御局さまのお命を救った理由も、おぬしをここに足労させた理由も容易にわかろうというもの」

御広座敷に導いたのが酒呑と知り、名指しされたからくりが解けた。右衛門佐局が無事に大奥へ戻されたと聞き、秘かに安堵してはいたが、やはり、ただ戻しただけでは終わらなかったらしい。

「御局さまのお命を救ってもらい、わらわも感謝はしておる。されど、あやつめ、右衛門佐局さまに向かって直々に、とんでもない願い事をしおった」

「とんでもない願い事」

「何じゃとおもう。とあるお方を亡き者にせよと、居丈高に申したのじゃ。しかも、右衛門佐局さまがご命じになり、鬼役の矢背求馬を刺客として差しむけよと抜かす。尋常ならざる内容ゆえ、御局さまは即座に拒まれた。されど、あやつは大笑しながら、傲慢にも言ってのけたのじゃ。家宝の糞石は我が手にある。返してほしくば言うとおりにせよとな」

「家宝の糞石にござりますか」

じつは今、求馬は懐中に携えている。機会があれば、こちらの素姓を明かさずに返そうとおもっていたのだ。

「おぬしは糞石の価値を知るまい。知れば腰を抜かすぞ」

そこまで言うなら拝聴したいものだ。

「教えてつかわそう」

葛岡は巫女のように両手を合わせ、ぶるっとからだを震わせる。

「かしこくも、菅原道真公のお宝なのじゃ。本来ならば、洛中の北野天満宮に奉祀すべき厄除守にほかならぬ」

眉唾なはなしだが、真実なら金銭に換算できぬほど価値の高い糞石になろう。それが右衛門佐局に縁のある公卿家に代々伝わる代物で、局も糞石のおかげで運が開けたと信じている。是が非でも取りもどしたくなる気持ちはわからぬでもない。ただし、誰かの命と引換えになどできようはずがあるまいと、求馬はおもった。

「よう聞け。的に掛けるべき相手とは、寛永寺の御座主じゃ」

「えっ」

「驚いたか。されど、延暦寺と八瀬衆の不仲を知る者ならば、御座主を亡き者にしたい気持ちもわからぬではない。八瀬衆との縁をおもえば、おぬしを刺客に選んだ理由も合点できる。出自を遡れば、おぬし自身が刺客の資質を備えておるやもしれぬしな」

「出自とは、どういう意味にござりましょう」

それにはこたえず、葛岡は不敵な笑みを浮かべた。

「ふふ、おぬしの父は持筒組の小頭であったとか」

「いかにも」

今から六年前、父の伊吹忠介は腹を切った。盗賊改の手伝いに駆りだされた折り、誤って野良犬を傷つけた組下の者が遠島になり、小頭として責を負ったのである。「あっぱれ伊吹忠介」と周囲は褒めたが、十八の求馬は煮えきらぬおもいを抱いた。のちに野良犬を傷つけた事実はなかったものと証明され、組下の者は無罪赦免となった。伊吹家も改易を免れたが、求馬の気持ちはおさまらなかった。

野良犬ごときのことで、何故、城門を守る誇り高き番士が腹を切らねばならなかったのか。あっぱれなどとは微塵もおもわず、ただ、口惜しさだけを募らせたのだ。

「ふうん、そうした経緯であったか。伊吹忠介なる者、よくよく運のない男じゃな」

以前から知っているような口振りに、求馬は反感をおぼえた。

「伊吹忠介は生粋の幕臣にあらず。二十年ほど前まで、地下官人の外記方に属する内舎人をつとめておったはずじゃ。御所を警邏する御役目よ。剣に優れた内舎人のなかには天子様より密命を与えられた者もあったという。それゆえ、おぬしにも刺客の血が流れておるやもしれぬと申したのじゃ」

憮然とした顔でいると、葛岡は袖を口に当てて笑った。

「くく、面白いはなしはここからじゃ。天子様にお仕えした御所の役人が、近衛さまにお仕えする賄い方の女官と相惚れになり、近衛さまから夫婦になることをお認めいただいた」

「えっ」

「他人の口から両親のなれそめを聞くとはおもわなんだか。母の名は多恵じゃな」

驚いた。

「母をご存じなのですか」

「ようおぼえておる。気立ての良いおなごであったが、病で亡くなったらしいな」

「……は、はい」

一年前のことだ。亡くなるひと月ほど前、秘められた出自を告げられた。葛岡の言うとおり、父は天皇家に仕える歴とした役人であった。近衛家当主の基熙が左大臣に任じられていたとき、母と知りあったのだ。ところが、近衛家の後ろ盾だった後水尾法皇が崩御すると、親政をはじめた霊元天皇から基熙は冷遇され、近衛家に関わりのある者たちはすべて御所から遠ざけられてしまった。

父も内舎人の役を解かれ、母子ともども御所の外へ放逐された。途方に暮れていたやさき、京都所司代の稲葉丹後守に「幕臣にならぬか」と誘われた。稲葉は御所内で徳川家に恨みを持つ刺客から襲われたことがあり、偶さかそばを警邏していた父に救われて九死に一生を得た。そのことを恩義に感じていたらしく、救いの手を差しのべてくれたのである。その日の糧にも困っていた両親は恥を忍んで、今は老中となった稲葉のことばに甘えるしかなかった。

母がずっと出自を秘密にしていたのは、御所の役人であった過去を忘れるためだったという。徳川家のために尽くすと誓った父の気持ちを無にしたくなかったが、いずれ頃合いをみて告げるつもりではいたらしい。

突然の告白を受けて、はいそうですか、とはならなかった。自分の根っ子が何処にあるのかは、侍にとってきわめて重要なことだ。離れたのは四つの頃ゆえ、京の都については何ひとつおぼえておらぬし、御所や天子や近衛家などと言われても他国のはなしでしかなかった。

「浮かぬ顔じゃな。おのれの出自を知りたくはないのか」

正直、忘れたかった。おのれは幕臣として生き、幕臣として死ぬ。亡き父も望んだとおり、御所や近衛家との関わりは消し去りたいとおもった。

「そうはいかぬ。おぬしが多恵の子であれば、なおさらな」

なおさらとはどういう意味なのか、問いかけようとしたとき、部屋の片隅に人の気配が立った。暗がりには屏風が立てまわされており、屏風の陰から誰かがこちらの様子を窺っているのだ。

右衛門佐局であろうか。

葛岡は気づかぬふりをした。

「御局さまがどういうお方か、おぬしも存じておろう」

近衛基熙の子家熙（いえひろ）は朝廷で左大臣に任じられているが、家熙の側室である町尻（まちがみ）量子（りょうこ）が右衛門佐局の姪にあたり、右衛門佐局は近衛家の縁者であることから、朝廷と幕府の双方から両者の良好な関わりを保つ切り札としての役割を期待されていた。

綱吉は継嗣の有力な候補である甲府宰相の綱豊をあまり好きではない。娘の鶴姫が嫁いだ紀州家の綱教を世継ぎにしたいと望んでおり、そうした兼ね合いもあって綱豊の岳父である近衛基熙とは相性があまりよくなかった。ふたりの仲を上手に取りもっているのが右衛門佐局にほかならず、ことに基熙にとっては替えの効かぬ存在のようだった。

「われら下々の者は、近衛さまのお顔を知らぬ。御目見得の機会を得ても、ありがたいご尊顔を拝見できぬ。されど、御局さまはちがう。近衛基熙さまのお顔をよくご存じなのじゃ」

何が言いたいのか、首をかしげたくなった。

「そこに行燈があろう。顔を近づけ、面灯りに照らされてみよ。そうじゃ、言うとおりにいたせばよい。たとえ、おぬしの出自がわかったとしても口外はせぬ。口外しても詮無きことゆえな。されど、おぬしは望むと望まざるにかかわらず、おのれの血筋に縛られることになろう」

「血筋」

「さよう、やんごとなき血筋じゃ。わかるか、おぬしはこちらの者じゃ。けっして、あちらの……幕府の者ではない。そのことを証してみせるためには、なるほど、刺客を請けおわせる道もあろう」

「公弁法親王を殺めよと仰せですか」

「それは言えぬ、口が裂けてもな。御座主は立派なお方じゃ。あれほどよくできたお方は、なかなかおられぬ。されど、所詮は仙洞様のご意志に抗えぬ。先日の談判で、そのことがようわかった。仙洞様の御意のままに動くのであれば、御局さまにとって生かしておくべき理由はない。近頃は御座主の地位を離れ、綱吉公に何かと遠回しに意見もされるゆえ、利よりも害のほうが増えるやもしれぬ。近衛さまもそのことを御憂慮なされておいでなのじゃ」

屏風の裏で、わずかに気配が動いた。

葛岡は急かされたように、切れ長の眸子を剝いてみせる。

「それで、おぬしはどうする。刺客になるのかならぬのか、この場で返答いたすがよい」

「お断り申しあげます」

求馬はきっぱりと言いきり、懐中から糞石を取りだした。

さりげなく畳に置くと、葛岡が身を乗りだしてくる。

「まさか、菅公の糞石か」

「いかにも。こちらを返上つかまつれば、刺客を請けおう理由もなくなりましょう」

「そのとおりじゃ。されど、おぬしが携えておったとはな。どうやって手に入れた」

「大男が寄こしたのでござります」

「なるほど。おぬしらも一枚岩ではないということか。されば、さきほどのはなしは無かったことにいたせ。口外は無用じゃ」

「畏まりました」

屏風の向こうが気になったものの、ともかく求馬は解放された。

御広座敷からどうやって中奥に戻ったかは、よくおぼえていない。

それにしても、何故、顔を面灯りで照らさねばならなかったのか。

葛岡は、むかし近衛家に仕えていた母をよく知っているようだった。

やんごとなき血筋とは、いったい、どういう意味なのであろうか。

宿直部屋に腰を落ちつけても、悪夢をみたようなおもいから抜けだすことはできなかった。

二

数日後、幕府の裁定によって仙洞御所の修繕に託けた寄進が認められ、祈禱所の開設も近々になされる運びとなった。

もちろん、右衛門佐局が裏で動かねば実現しなかったはなしだ。

霊元上皇の面目は保たれ、刺客を命じられた村雲党に右衛門佐局を滅する理由はなくなった。

残されたのは、公弁法親王を亡き者にするという酒呑の願いだけである。

求馬はいつまでも黙っていられず、葛岡から御広座敷に呼びだされた経緯を志乃に告げた。

「ふうん。まずはおぬしを巻きこもうとしたわけか」

志乃はこともなげに言い、じっと考えこむ。

求馬は反応を待ちながら、おのれの出自についての件は告げまいとおもった。

気づいてみれば、志乃は茄子の浅漬けを齧っている。

「初茄子じゃ。美味しいぞ」

愛くるしい顔を向けてきたので、少しばかりほっとした。

「とどのつまり、わたしに踏み絵を踏ませたいのさ。ふん、あやつ、幼い頃は泣き虫でな。子狸に似ておったゆえ、ぽん太と呼んでやった」

「酒呑のことにござるか」

「そうじゃ。三つ年下でな、金魚の糞よろしく、いつも後ろに従いてきおった。近所の池にはまったとき、髪の毛を摑んで助けてやったのじゃ。幼心に命の恩人とおもうたのかもしれぬ。その日から片時も離れようとせず、家で寝起きをともにした」

ところが、つ離れの十になるや、ぱたりと顔をみせぬようになった。

「おなごといっしょにいるのが恥ずかしいとおもう年頃じゃ。いつの間にかわたしの丈を抜かし、子どもらのなかでは一番の力自慢になっておった。されど、わたしからみれば、ただの洟垂れにすぎぬ」

ぽん太と呼ばれるのが嫌で、近くに寄りつかぬようになったが、冬場の備えにと薪の束を秘かに置いていってくれることもあった。

「ぽん太は孤児でな。縁者の家で育てられたが、はたらきが鈍いと、家の者によう叱られておった。ふふ、あの頃が懐かしい。村には杉林に囲まれた天満宮があってな、いつもそのなかを駆けまわっておった。今は裏山の緑が日増しに濃くなる頃じゃ。不如帰（ほととぎす）も鳴いておろうな」

「不如帰」

「そうじゃ」

夜陰を裂いて、きょっきょっと鋭く囀（さえず）る。

「夜中に不如帰の囀りを聞けば、寝ているあいだに魂を吸いとられる。子どもらは長老のはなしを信じ、朝まで寝ずに過ごした。あるとき、洟垂れのひとりが鳥もちで不如帰を捕らえてな、自慢げにみせびらかしておったところへ、ぽん太があらわれた。何も言わずに鳥もちを引ったくり、不如帰を逃がしてやったのじゃ」

羽を傷（いた）めた不如帰は、大空に向かって懸命に飛んでいった。そのすがたを、子どもらはぽかんと口を開けて見送るしかなかった。

「ぽん太はな、傷ついた鳥の命さえも粗末にせぬ子じゃった。よもや、人の命を奪おうなどとは考えまい。まんがいち、そうせざるを得ぬのだとすれば、よほどのことであろう」

八瀬衆は延暦寺側から無体（むたい）な仕打ちを受けつづけ、もはや、我慢の限界を超えているのかもしれないと、志乃は言う。

「さりとて」

求馬は溜息を吐いた。

公弁法親王を亡き者にし、情況が好転するとはかぎらない。

むしろ、里の存続を脅かす事態になってしまうのではないか。

「そうじゃ。ぽん太もわかっておろう。されど、ほかに妙手は浮かばぬ。手負いの虎を怒らせればどうなるか。それを、叡山の坊主どもや後ろ盾となっておる公卿たちにみせつける以外はな」

酒呑は踏み絵を踏ませようとしたのではなく、志乃に止めてほしいのかもしれぬと、求馬はおもった。

「いいや、ぽん太はわたしの覚悟を問うておる」

そもそも、志乃は八瀬庄を守るために、秋元但馬守の要請に応じて江戸へ下り、幕臣となって綱吉に仕える道を選んだ。幕臣としてやってはならぬことだとしても、里の窮状を救うためならば、命を擲ってでも果たさねばなるまい。

「そうではないのかと、ぽん太はわたしに問うておるのじゃ」

求馬が座主殺しを拒んだとしても、酒呑にとっては勘定の内だったのかもしれない。大奥で権勢を誇る右衛門佐局が誰かに座主殺しを持ちかけた時点で、公弁法親王と離反させる目的は達せられたのだ。座主を滅したのちに、庇ってもらうことも大いに期待できよう。庇ってくれなければ、幕府のしかるべき筋にたいして、右衛門佐局に命じられてやったと主張すればよいからだ。

「ぽん太なりに算盤を弾いたのじゃ。右衛門佐局さまは、まんまと罠に嵌まった。命を救われた恩義もあったであろうし、家宝の糞石をどうしても取りもどしたかったにちがいない。おぬしが願いを拒んだところで、ぽん太にしてみれば痛くも痒くもあるまい。されど、わたしはちがう。座主の命を狙うか狙わぬか、どちらかに決めよと覚悟を迫っておるのじゃ」

「どういたす」

夫の威厳を保ちたい心情ゆえか、求馬は怒ったような口調で問うた。

志乃は冷めた眸子で見返し、ふっと妖しげに微笑んでみせる。

「それほど、わたしの覚悟を聞きたいのか。手伝う気があるのなら、教えてもよいぞ。ただし、おぬしには四の五の言わせぬ。わたしの手足となって動いてもらう。それでもよければな」

「よい」

「ならば、教えてやろう」

ふいに黙りこむ志乃を、求馬はじっとみつめる。

空唾を呑んだところで、期待とは裏腹な台詞が告げられた。

「公弁法親王を討つ。それ以外に道はない」

「まことか」

それはまさしく、鬼役であることも、幕臣であることも、何もかもを捨てるという宣言にほかならなかった。

三

意志の強そうな瞳の奥を覗いても、本気かどうかの判断はつかなかった。

一日経った今も、志乃の本心を推しはかる術はない。

ともあれ、酒呑を捜しださねばならなかった。

できれば、ふたりで会ってはなし、公弁法親王を殺めるのは止めよと説得するのだ。

そんなことができるはずもないのは承知している。それでも、やってみなければ気が済まない。志乃を破滅に導くようなまねだけはさせたくなかった。切実な訴えが通じなければ、この手で酒呑を斬るしかないとまでおもっている。

いざ捜すといっても、これといった手掛かりはない。できることと言えば、朝から寛永寺へ出向き、公弁法親王の周囲を見張ることくらいしかなかろう。

「右衛門佐局が襲われた日以来、本堂の奥に引っこんでおりますな。さすがに命が惜しいとみえる」

溜息を吐くのは、従者の佐山である。

目立ちすぎるので、自慢の槍は携えていない。

「されど、明日は灌仏会ゆえ、衆生の前で説法を垂れねばなりませぬ」

「刺客が衆生に紛れて迫るやもしれぬな」

「その恐れはあろうかと。猿婆もさようなことを申しておりました」

猿婆は何も告げてくれぬが、志乃の命で酒呑の行方を捜しているはずだった。

「手足のごとく動けと命じておきながら、ご自分らの動きは教えてくれぬ。まったく、やりにくくて仕方ありませぬ」

「詮方あるまい」

八瀬の者からみれば、求馬や佐山はあくまでも部外者なのだ。本音を言えば、身内の厄介事に巻きこみたくないのであろう。

「水臭いはなしですな」

黒門の脇でそうした会話を交わしているあいだにも、豪華な花々がつぎつぎに運ばれてくる。

「牡丹に芍薬、百合に杜若、それから今通った豪華な藤の花は亀戸天神からの寄進だそうで」

「亀戸天神か」

そう言えば、八瀬荘にも杉林に囲まれた天満宮があるという。右衛門佐局が宝にしている糞石も菅原道真の体内から出たものだった。これも何かの因縁であろうかと、花御堂に飾る花を眺めながら、どうでもよいことを頭に浮かべる。

「殿、ちと池の辺りが騒がしいですな」

佐山に言われて不忍池のほうに目を向けると、物々しい装束の連中が池畔を駆けていた。

野次馬となってたどりついたさきは、商家が軒を並べる仁王門前町の一角である。今ほどまで閉ざされていたのだろうか。こじ開けられた板戸の向こうから、血だらけの屍骸が戸板に乗せられ、つぎつぎに運ばれてきた。

「これはどうしたことか」

門前は封鎖され、敷居の内を覗くことはできない。

それでも、血腥い臭いは外まで漂ってくる。

「夜盗じゃ」

と、木っ端役人のひとりが吐きすてた。

隣近所の連中も気づかなかったらしい。

「家人も奉公人も、みなごろしにされたそうじゃ」

野次馬たちがひそひそ囁きあうなか、偉そうな陣笠の与力が登場し、大声を張りあげる。

「ここで目にしたことは口外無用じゃ。いたずらに噂をひろめれば、市中の者たちが動揺をきたし、御政道の妨げになるゆえな」

紋切り型の命令を守る者などあるまい。数刻もすれば、噂は市中の隅々にまで行きわたるであろう。それにしても、朝まで誰も気づかぬとは、よほど場慣れした夜盗どもの仕業にちがいなかった。

「矢背さま」

唐突に声を掛けられて振りむけば、恵比寿顔の商人が手招きしている。

紀文こと材木問屋の紀伊國屋文左衛門であった。

根本中堂の木材納入で巨利を築き、六年前には中堂の余材で北新堀町と深川佐賀町のあいだに長さ百十間（約二〇〇メートル）余りの永代橋を架けた。幕閣のお歴々とも親しく、日の本一の豪商と自他ともにみとめている。そうした人物から気楽に声を掛けられる間柄なのだ。

「ちと、おつきあいくだされ」

誘われて足を向けたさきは、阿弥陀如来を奉じる常楽院であった。

箱庭をのぞむ閑静な部屋があるという。

訪ねてみると、案内する坊主もおらず、紀文は勝手知ったる者のように廊下を渡っていった。

「さあ、こちらへ。小坊主に御茶でも持ってこさせましょう。小腹が空いておられるようなら、精進料理などもお出しいたしましょう。天台宗のお寺にございますが、高野豆腐が美味いと評判でしてな」

「いいえ、食べ物はけっこうです」

物欲しそうな佐山を尻目に、求馬はきっぱり断る。

どれだけ小さなことであろうと、紀文に借りはつくりたくないという気持ちがはたらいたのかもしれない。

灰色の作務衣を着た小坊主が温い茶を運んできた。

求馬と紀文は庭に向かって横並びに座り、佐山だけはやや後ろに控える。

「お釈迦様の花が咲きほころんでおりますな」

なるほど、庭の大半は白い卯の花で占められていた。

「売るために植えておるのですよ」

「えっ、そうなのか」

厄除け用に家の門口へ挿すための卯の花だという。

「お寺も檀家の寄進だけでは食べていけませぬ。ことに寛永寺に関わりのある天台宗のご住職たちは、お寺を手堅く維持するために、いろいろと知恵を絞っておられます」

紀文が言うには、座主の公弁法親王から薫陶を受けているらしい。

「御座主に拝したことがあるのか」

「ええ、もちろん。中堂の造営にあたっては、番匠顔負けの指図までお描きになりましたよ。御座主さまは学識が豊かなだけでなく、進取の心にも富んだお方であられます」

ずいぶんと持ちあげる。

求馬は茶をひと息に呑み干した。

紀文も茶を呑み、ほっと溜息を吐く。

「さきほどの惨劇、襲われたのは桐生屋と申す新興の漆問屋にございます」

「漆問屋」

「はい。日光で産する日光彫りや紅葉彫り、日光春慶塗りなどの漆器を一手に扱い、御座主さまの御墨付きを得て、飛ぶ鳥を落とす勢いにございました」

漆器と言えば、会津や能登、越前、あるいは紀州などが知られているが、日光もそうした国々に次ぐほどの産地に成長しつつあった。それはひとえに、公弁法親王の発案で日光山に御漆園が造園されたおかげだという。

「御座主御自ら、漆の木を植樹なされたそうです。成長した木々は文字どおり、金の生る木に変わった。そうした矢先の惨事にございました……くっ、うう」

紀文は喋りながら、唐突に嗚咽を漏らす。

「……ど、どうされた」

吃驚して肩に手を置くと、ずるっと洟水を啜ってみせた。

「いや、とりみだして申し訳ござりませぬ。じつを申せば、藤八と申す桐生屋の主人は手前のところで番頭を長くやっていた忠義者なのでございます」

公弁法親王に漆器の商売を任せられる商人はおらぬかと打診され、材木に関する知識の豊富な藤八を推挙したのだという。

「藤八はよくやっておりました。何せ、商売一筋の真面目な男でしたから」

開店の資金は紀文が融通した。藤八は紀文に恥を掻かせまいと寝る間も惜しんではたらき、公弁法親王から「漆の生産から漆器の製作ならびに販売までの一切を任せる」という御墨付きを得るほどになったらしい。

「それがあのようなことに……口惜しくてなりませぬ」

悲痛なおもいを誰かに聞いてもらいたくなり、偶さか野次馬のなかにみつけた求馬に声を掛けたのだ。

「それにしても、夜盗に狙われるとはな」

「手前には、裏があるようにおもわれてなりませぬ」

「何かおもいあたる節でも」

「関わりがあるかどうかはわかりませぬが、藤八に聞いていたはなしがひとつございます。数日前、伝奏屋敷のほうから御使者を名乗るお方があらわれ、御座主さまの御墨付きをみせてほしいと請われたとか」

「誰の御使者か聞いたか」

「はい。なんでも、波多野稀久さまと仰る仙洞御所のお偉いお役人に命じられてまいったとかで」

「波多野稀久」

その名を聞いたのはたしか、半月ほど前のはなしだ。教えてくれたのは公人朝夕人の伝右衛門である。霊元上皇が幕府の方針に憤り、洛中の仙洞御所内で院評定を開いた。上皇の命で京を離れたのが、波多野稀久なる院伝奏であった。上皇は「稀久が江戸へ着くまでに地均しをしておくように」と言い、公弁法親王と右衛門佐局に文をしたためたのだ。

無謀なはなしにおもわれたが、右衛門佐局が襲撃を受けたのち、上皇の要望をはねつけた幕府の態度は一変し、上皇に不利な裁定は覆った。ひょっとしたら、波多野稀久に託された文が、右衛門佐局に渡っていたのかもしれない。

「矢背さま」

紀文に呼ばれ、はっと我に返る。

「じつは夜盗について、お役人から聞いたはなしがございます」

「ん、何であろうな」

「じつは、忍びが使う棒手裏剣が大黒柱に刺さっておったとかで」

「忍びが使う棒手裏剣だと」

おもわず声を漏らしたのは、後ろに控える佐山であった。

「まさか、柄に並び雁に菊水の家紋が刻印されておったのではなかろうな」

「刻印されておりました。ご従者さまの仰るとおりの家紋にござります。何故にご存じなので」

紀文にたいしては、山神式部に率いられた村雲党のことを説かねばならぬ。

求馬はもう一杯温い茶を所望すると、最初から順を追って語りはじめた。

四

桐生屋を襲ったのが村雲党ならば、狙いはいったい何だったのか。

紀文の見立てでは、日光産の漆器で得られる莫大な利権を乗っ取るつもりかもしれぬという。

できるはずがないと、求馬ならずとも考える。されど、公弁法親王の御墨付きさえあれば、利権を手に入れられる公算は大きい。御墨付きを得るべく、桐生屋の者たちを嬲り殺しにし、過激な脅しを掛けたのではあるまいか。かりに、紀文の見立てどおりだったとしても、はたして、霊元上皇の指図かどうかは多いに疑問が残る。

「あやつら、勝手に動いているのではなかろうか」

利を求めて暗躍するのが忍びというものだ。功名などは求めず、合戦場では死者の身ぐるみを剝いで戦利品を漁り、落ち武者を狩るために目の色を変える。おのれが生きながらえるためならば、凄惨な殺戮も平然とおこない、おのれの身が危うくなれば主人すらも平気で欺く。

そもそも、忍びとはそういうものであったが、泰平の世になって事情が変わった。生きながらえるためには力のある者の庇護を受け、賢く立ちまわらねばならない。村雲党もそうやって命脈を保ってきたのだろう。

まちがいなく、仙洞御所におわす霊元上皇には幕府を動かすほどの力がある。だが、村雲党がしたがっているのは、上皇の御命を下達する者なのではあるまいか。

波多野稀久という公卿が希代の悪人ならば、上皇の権威を利用して悪事に走るのは容易いことかもしれない。村雲党の連中も澄んだ川よりも汚い川のほうが遥かに泳ぎやすいはずだ。

紀文のはなしを聞いて悪いほうに想像を膨らませたが、惨事から二日経った灌仏会の翌日、おもいがけず波多野稀久の面相を窺う好機が訪れた。

昨夜、中奥の厠に伝右衛門があらわれ、橘主水の密命を告げられたのだ。

橘の意図は判然としないが、求馬は今、武者隠しの内で息を殺している。

表向の白書院上段之間、東の入側寄りにつくられた武者隠しにほかならぬ。

波多野稀久が霊元上皇の御使者として、本日、将軍綱吉に対面するのである。

白書院は大広間についで格式が高く、将軍宣下の際は饗応部屋として使われた。御三家当主との対面部屋でもあり、白書院に招じられただけでも末代まで語りつがれるほどの栄誉となる。

波多野稀久の登城は、朝廷から派遣された例幣使の下向に合わせたものにちがいなかった。ただ、東山天皇から幣を託された例幣使の一行は京から直に日光へ向かい、東照宮に参拝してから江戸で綱吉に拝謁する。今は大権現家康公の命日である十七日に遅れてはならじと、中山道を経て十五日までには日光へ達するべく、街道をせっせと下っているはずだ。

波多野は慣例を破り、例幣使に先んじて綱吉への拝謁を望んだのである。霊元上皇の御意志にちがいなかろうが、幕府としては拝謁を断ってもよい場面だった。が、そうしなかった背景には、煩わしい上皇を怒らせずに、できるだけ穏便に済ませたいという意図が透けてみえる。同じ白書院を目見得の場と定めたのも、上皇と天皇の立場を等しく扱う幕府の意思表示にほかならず、上辺だけでも平穏さを保ちたい気持ちがあるのはあきらかだった。

おそらく、我の強い綱吉を説得できるとすれば、側用人の柳沢吉保でも老中たちでもなかろう。大奥総取締の右衛門佐局をおいてほかには浮かばない。糞石の一件以来、右衛門佐局は意図するしないにかかわらず、上皇の肩を持たされているような気もする。

いずれにしろ、裏でさまざまな動きがあるのだろう。

武者隠しに番士を隠すのは、凶行を警戒してのことであろうか。

橘が波多野を警戒しているなら、是非ともその理由を聞いてみたかった。敵とみなしているのならば、何処まで裏の事情を知っているのか。膝詰めで質したい衝動に駆られたが、伝右衛門には小姓組番頭の指示にしたがえとだけ告げられた。

明け六つ前の早朝に土圭之間へ呼びだしが掛かり、表坊主の案内で白書院の入側まで導かれたのだ。何処をどう通ったのかも、よくおぼえていない。大廊下の途中で右手に曲がり、おそらくは芙蓉之間と菊之間のあいだを抜けて、紅葉之間の脇を通ってきたのだろう。

もちろん、鬼役の身分で白書院へ伺候することはあり得ない。武者隠しがあることも知らなかった。白書院は公方の出座する上段と目通りを願う者が座す下段、さらに控え部屋となる連歌之間と帝鑑之間からなり、上段と連歌之間のあいだには、南北に通り抜けのできる帳台構が備わっている。

何しろ、三百枚もの畳が敷かれており、四方も畳敷きの入側で囲んであった。笹之間に詰める鬼役にしてみれば、途轍もなく広い。真新しい畳の匂いを嗅ぐだけで興奮を抑えきれなくなった。

ともあれ、最初は小姓組番頭の指示で帳台構に導かれ、ふたりの番士ともども待機するように命じられた。竹と芙蓉と薄の描かれた襖絵を睨み、一刻半（三時間）ほども正座しつづけたであろうか。帳台構を出ろと命じられ、南側の中庭に面した板縁を通って、今度は反対側の入側へ導かれた。

武者隠しは東側の入側に造られており、一見しても壁と判別できぬように細工がほどこされている。三人は帳台構のときと同じに横並びで座ったが、当然のごとく会話は交わさなかった。ほかのふたりに面識はない。小姓や小納戸ではなく、番士のなかから選ばれた腕自慢の剣客であろう。三人のなかに選ばれたのは誇ってもよかろうが、理由も告げられずに駒のように動かされるのだけは勘弁してほしかった。

武者隠しのなかは暗く、外の光は射しこんでこない。ただ、横長の覗き穴に身を寄せれば、上段と下段の様子がある程度は把握できた。

綱吉が座る上座の背後は板敷きの床になっており、四段の棚板からなる違い棚には舶来(はくらい)の陶器や磁器などが置かれている。正面に向かって左手のこちら側には付け書院があり、右手の奥には納戸構(なんどがまえ)が見受けられた。天井はすべて格(ごう)天井だが、上段だけは折上(おりあげ)の格天井で、障壁画には帝鑑図が色鮮やかに描かれている。帝鑑図とは唐土(もろこし)の歴代皇帝の善行を描いたもので、こちらからみえる北面には皇帝と四賢人が、東面には華やかな酒宴が描かれているようだった。

上段と下段では六寸近くの段差があり、境目は黒漆の上段框(かまち)で仕切られている。下段に平伏す者は例外なく、絢爛(けんらん)豪華な白書院の装飾に圧倒されることだろう。

求馬は身を乗りだし、さきほど通ってきた南面の板縁に目を移した。白書院南面の板縁では年に数度、武芸上覧（じょうらん）がおこなわれる。剣の道を歩んできた求馬にとっては、まさに夢の舞台であった。

「ありゃ、おう」

突如、奇妙な掛け声が耳に飛びこんできた。

武者隠しからはみえぬが、どうやら、中庭で蹴鞠（けまり）がはじまったらしい。

鞠を蹴っている者のなかには、波多野稀久もふくまれているのだろうか。

朝廷の使者が祝意や弔意をあらわすべく、雅楽（ががく）の演奏や蹴鞠を披露することは知られていた。だが、真実味に乏（とぼ）しい噂にすぎなかったので、蹴鞠を観てみたい気持ちを抑えるのに苦労する。

「ありゃ、おう」

聞こえてくるのは、珍妙な掛け声と鞠を蹴る乾いた音だけだ。

いまだ、綱吉はすがたをみせない。

蹴鞠はしばらくつづけられ、やがて、装束を改めた使者が下段に参じて畏まった。

波多野稀久であろう。

ひょろ長い蘖（もやし）のような男だ。

前屈みに進んでくるため、面相はよくわからない。

「上様のお成り」

小姓の声が響いた。

帳台構の襖がすっと開き、小柄な綱吉がせかせかと近づいてくる。

上座に腰を下ろしても、仏頂面を変えない。

虫の居所でも悪いのだろうか。

まずは、若年寄の稲垣対馬守が使者の官名や目見得の趣旨を伝え、定められた下座に招じられた波多野が口上を述べる。型どおりの挨拶につづいて、仙洞御所の修繕に関わる寄進を認めてもらったことと、祈禱所の開設を許してもらったことへの御礼が滔々と告げられたが、痛高い声で発する「おじゃる」という台詞が耳障りで、はなしの中身が頭にはいってこない。

綱吉は口上の途中で顔を歪め、腰をもぞもぞさせた。

すかさず、公人朝夕人の伝右衛門が影のように近づき、束帯の裾へ両手を差しこむ。

右手でいちもつを摑み、竹の尿筒に小便を導いてやったにちがいない。

綱吉はぶるっと、馬のように胴震いしてみせる。

「大義（たいぎ）」

惚けたような顔で言い、すっと席を立った。

目見得は終わりだ。ずいぶんあっさりしている。

波多野は潰れ蛙のように平伏し、綱吉が部屋から去っても顔をあげない。

求馬は肩の力を抜いた。

凶行の兆しはなかったものの、無事に終わるに越したことはない。

隠し部屋から解放されたのは、それから半刻（はんとき）（一時間）ほども経ってからだった。

表坊主の導きで土圭之間を通り、通い馴れた中奥へどうにか戻ってくる。

小姓組番頭は無視を決めこみ、ほかの連中は常と変わらぬ顔で役目にいそしんでいた。

この程度の密命ならば喜んで拝命したいものだが、これは厄介事を命じられる前段階にすぎぬという予感がはたらいていた。

夕餉の毒味を終えて下城の途につき、いつもの内桜田御門ではなしに、行く手に伝奏屋敷のある和田倉御門へ向かう。

御門を潜ると、佐山が待ちかまえていた。

「殿、ご苦労様にございます」

「和田倉御門に来ると、ようわかったな」

「それはもう、殿のことは何でもわかっております」

「白書院の武者隠しに隠れたことも知っておるのか」

「ほう、そのような命が下されたのですか。さすがに、そこまでは知りようもござりませぬが、伝奏屋敷へ戻った公卿一行の様子は窺ってまいりましたぞ」

　佐山は自慢げに胸に張り、求馬の反応を確かめようとする。

　褒めてもらいたいようだが、それははなしを聞いてからだ。

「して、どうであった」

「波多野稀久は蒼白いうらなり顔の四十男で、頬に薄気味の悪い笑みを浮かべておりました。仰々しい一行を先導する役目は、光沢のある絹地の着物を纏った商人にございます」

「ほう、そやつの素姓は」

「山城（やましろ）屋金兵衛（きんべえ）とか申す京の漆問屋だとか」

「何っ、漆問屋か」

「夜盗に襲われた桐生屋と同業にござる。紀文の読みどおりなら、桐生屋の後釜（あとがま）

を狙っておるのやもしれませぬ。ただ、面相に特徴がござりましてな」

にやりと、佐山は意味ありげに笑う。

「顎が桃割れに割れており申した」

「山神式部」

「かもしれませぬ」

怪しげな商人が村雲党の束ねならば、やはり、波多野稀久は敵と考えてしかるべきであろう。

「どうなされますか」

酒呑の動きも気になるが、灌仏会の説法にはすがたをみせなかったし、今のところは捜しようがない。

一方、波多野の扱いについては、橘の命を待つしかなかった。

「もどかしいですな」

佐山の言うとおり、鬼役の立場でどす黒い謀（はかりごと）の全容を暴くのは難しい。

橘ならば、何か摑んでいるはずだ。やはり、伝右衛門に尋ねてみるしかなさそうだなと、求馬はおもった。

五

二日後の夕刻、下城して内桜田御門を潜ると、一挺の駕籠が待っていた。

佐山は寛永寺を見張っているので、駕籠かきたちしかいない。

江戸勘の看板を着ているので、行く先はすぐにわかった。

しばらく駕籠に揺られ、降ろされたのは本八丁堀である。

うだつの高い商家のまえでは、紀文が浮かぬ顔で待っていた。

「わざわざご足労いただき、申し訳ござりませぬ」

「いいや、ちょうどはなしをしたかったところだ」

「それならようござりました。ま、どうぞ」

求馬を招きいれつつ、紀文は道の左右を警戒し、戸締まりまでする。

ふたりで会っているところを誰かにみられたくないらしい。

奥の部屋に案内されると、膳の支度ができていた。

「まずは一献。御役目、ご苦労さまにござりました」

銚釐（ちろり）で温燗（ぬるかん）の酒を注がれ、盃をくっと一気に呷（あお）る。

「美味いな」

「満願寺(まんがんじ)の諸白(もろはく)にござります」

一級品の下(くだ)り酒(ざけ)を嗜(たしな)んでいる暇はなかった。

膳には鰹(かつお)のたたきや蒸し鮑(あわび)などが並んでいる。

豪華な料理よりも、まずは紀文のはなしを聞かねばなるまい。

「何でも、白書院の武者隠しにはいられたとか」

「さすが、地獄耳だな」

「室井さまに伺ったのですよ」

「どうして、室井さまがそのことを」

「これは臆測にござりますが、お指図の出所は秋元但馬守さまではあるまいかと」

「御老中が」

たとえ老中でも、橘主水に仲立ちをさせることなどできるのだろうか。

「ご容赦を。あくまでも臆測にござります。じつを申せば、われわれの与りしらぬところで、とんでもない凶事が起きておりました」

「凶事とな」

「はい。つい先だって、寛永寺に寄進する幕府の公金が何者かに強奪されたのだそうです」

金額にして五千両は下らぬと聞き、求馬は絶句せざるを得ない。

「室井さまに伺ったはなしか」

「はい。室井さまは手前ではなく、おそらく、矢背さまにお聞かせしたかったのでございましょう」

もしかしたら、それこそが武者隠しに待機させられた理由だったのかもしれない、というと、

「手前もそうおもいました」

「寄進金を強奪した連中に心当たりがあったのだな」

「秘匿(ひとく)されていた荷駄(にだ)の運ばれる道筋から刻限まで、賊どもは詳細に調べておったそうです」

そして、音も無く忍び寄り、防(ふせぎ)の侍たちをみなごろしにしたのだ。

「さようなことができる連中は、かぎられておるのではないかと」

「村雲党か」

「室井さまは、仙洞さまに遣わされた御使者との繋がりを疑っておられました」

室井作兵衛の疑いは秋元但馬守の疑いであり、橘主水も凶事がつづいた一連の流れを把握しているものと考えねばならなかった。

「されど、証しはございませぬ。こたびは、家紋の刻印された棒手裏剣も残っておりませんでした」

脅しが目的ではなく、金を盗むためにやった。

村雲党の連中が、忍びの本性をあらわしたのだ。

老中たちが知りたいのは、波多野稀久が関与しているかどうかであろう。

「はなしは、ほかにもございます。先日、御使者の波多野さまは秘かに寛永寺へおもむき、御座主さまから漆に関するお墨付きを入手なされたとかで」

「何だと」

「京から山城屋なる漆問屋を連れてきたそうです」

その山城屋に日光漆の生産から販売までを一手に預けるというのが、どうやら御墨付きの内容らしい。

「しかも、はなしはそれだけではございませぬ。公弁法親王のもとでは、志乃さまがご憂慮しそうな企てが進められておるようで」

比叡山の裏山に漆の木を植林し、日光山にあるような漆園を築きあげる。管理はすべて延暦寺がおこない、京の漆問屋が漆器の生産から販売までを代行する。

右の一件についても、どうやら、山城屋が触手を伸ばしているとの内容だった。

驚天動地(きょうてんどうち)とはこのことである。

志乃が知れば、怒髪天を衝くほどの怒りを抱くだろう。

酒呑の踏み絵を踏まざるを得ぬと応じたが、心中にはまだ迷いがあると、求馬はみていた。だが、迷いなどは木っ端微塵に吹き飛び、すぐにでも公弁法親王の命を奪おうとするかもしれない。

「その企ては危ういと、室井さまも仰せでした」

されど、幕府には関わる理由がない。撤回させられる人物は公方綱吉しかおらぬであろうが、綱吉にも反対する理由がないという。

「室井さまは、何と仰せなのだ」

「比叡山と八瀬衆の小競(こぜ)り合いに巻きこまれたくはない。それが幕府の本音だが、放っておけば火種になるのは目にみえていると」

「どういうことだ」

「企ての噂が広まれば、甲州御宰相のお養父上(ちち)でもあらせられる近衛家の御当主が動かれるはず」

「八瀬衆の後ろ盾には近衛さまが構えておられ、比叡山の背後には上皇さまが控えておられる。下々の者には推しはかりようもないことですが、これは朝廷と仙洞御所の争いに転じるやもしれぬ一件なのだと、さように仰せでした」

「近衛さまが」

老中の秋元としては、火が点く前に消しとめておきたい考えのようだった。

「そうした入りくんだ事情を矢背さまに説くわけにもいかず、室井さまは手前に伝える役目を託されたのだと存じます」

伝えたうえで何をさせたいのか、室井の意図は判然としない。

秋元が老中の力を使って橘を説きふせ、何らかの密命を下そうとするのだろうか。

「ともあれ、お伝えいたしましたぞ」

紀文は肩の荷を下ろし、にこやかに酌をする。

求馬はようやく、刺身に箸をつけた。

初鰹にもかかわらず、味わって食べる余裕がない。

早々に切りあげ、紀文の店から出て帰路に就いた。

周囲はとっぷり暮れている。

駕籠はないので、長い道程を歩かねばならなかった。

浄瑠璃坂を上って家宅の門前に着いたのは、半刻ほどのちのことである。

門を潜ろうとしたところへ、横合いから殺気が迫った。

白刃が鼻面を嘗め、首筋にぴたりとあてがわれる。

すぐさま、誰かわかった。

「……で、伝右衛門どのか」

「そうじゃ。ずいぶん待たせるではないか」

「白刃を下ろしてくれ」

「そうはいかぬ。紀文に何を焚きつけられたか知らぬが、勝手に動けば命はないぞ」

白刃が下ろされ、殺気も消えた。

「何があろうとも、公弁法親王のお命は守らねばならぬ。それが上様のご意向じゃ」

「八瀬衆との諍(いさか)いには関わるなとのお指図か」

「ああ、そうじゃ。鬼役ごときが下手に動くはなしではない」

「ご老中のお指図があってもか」

「橘さまは、幕閣の指図では動かぬ。あくまでも、上様のご意向で動かれる。さようなことはわかっておろう」

「武者隠しの一件も、ご老中の指図ではないと」

「あたりまえだ。秋元家の意向で動きたいなら、即刻、鬼役を返上せよ」

「橘さまのご意向であることはわかった。されど、何故、武者隠しで波多野稀久を見張らせたのだ」

「わからぬのか。悪事の証しが揃い次第、おぬしが動かねばならぬからさ」

橘や伝右衛門は、敵の動きを把握しているのだろうか。

口惜しい気持ちと期待する気持ちの両方が湧いてきた。

「されど、そのまえに、おぬしにはやらねばならぬことがある。妻女を説きふせ、納得せぬときは阻まねばならぬ」

「阻むとは」

「言わねばわからぬのか」

じっと睨みつけられ、求馬は黙った。

「それとな、酒呑なる大男の行く先もつきとめておいた」

「何だと」

「亀戸天神脇にある臨済宗の禅寺じゃ。今から捕り方を手配するゆえ、会いたいなら急ぐがいい」

ふっと嘲笑い、伝右衛門は煙と消えた。

「くそっ」

地団駄を踏んで悔しがっても、留守にしているのか、志乃と猿婆はすがたをみせなかった。

六

志乃と猿婆はおらず、家のなかは真っ暗だった。

求馬は着流しに着替え、腰に大小を差しなおすと、ふたたび家を出て浄瑠璃坂へ向かった。溜池のさきまで行けば、小舟を拾うことができる。亀戸は遠いので、船足に頼らねばならなかった。

低い空には、わずかに欠けた月が輝いている。

桐の木に囲まれた溜池沿いの淋しい道には、辻強盗が手ぐすねを引いているにちがいない。あるいは、腹を空かせた山狗(やまいぬ)どもが人の気配を嗅ぎつけて集まってくることもあろう。それでも、求馬は恐ろしさを感じなかった。

幕閣のお歴々が公弁法親王の命を守りたいのは、都と下手に揉めたくないからだ。なるほど、命を奪ったところで益はなかろう。されど、志乃や酒呑にはどうしても譲れぬ一線があるはずだ。生まれ故郷を守りたい。その気持ちが痛いほどわかるだけに、足は鉛の草履でも履いたように重い。

辻強盗にも山狗にも出会さず、溜池のさきで小舟を仕立てることができた。

月を水先案内に立て、三十間堀から楓川を北上し、日本橋川を右手に折れて大川へ漕ぎだすのである。

大川を遡るとすれば、多くの客は近いところで柳橋、遠いところで吉原といった遊興場へ向かわせるだろうが、求馬は行徳河岸のさきの中洲を通って大川を突っ切り、小名木川に舳先を向ける行き方を指図する。

行き先は亀戸天神と聞いて、船頭は不思議そうな顔をした。

今から向かっても、社の境内にはただの闇しかないからだ。

小舟は万年橋を潜って小名木川を東漸し、深川猿江町の五本松を通過すると、そのさきの川筋を左手に折れた。材木蔵の狭間を北上する南十間川である。あとは竪川との交差口も通過し、ひたすら北へ向かえばよい。

天神橋の右手で陸へあがって道なりに歩けば、大きな鳥居のまえにたどりつく。北隣には津軽家の下屋敷が隣接しており、津軽屋敷の北側には萩寺として知られる龍眼寺があった。龍眼寺は天台宗の寺なので、おそらく、そちらではなかろう。下屋敷の南側には、長寿寺という臨済宗の寺がある。

枯山水があるかどうかまではわからぬが、酒呑は長寿寺に隠れているにちがいない。天満宮のそばを選んだのは、志乃ともよく遊んだ里の天満宮を懐かしんでのことだろうか。いずれにしろ、天満宮に隣接する臨済宗の禅寺という条件は、八瀬の大男が好みそうな潜伏先だとおもった。

禅寺ゆえか、山門は開けはなたれている。

薄暗い参道を進み、まっすぐ本堂へ向かった。

本堂の扉も閉められておらず、敷居の内へ踏みこむと、高窓から月明かりが仄かに射しこんでいる。

沓脱場には「看却下」と書かれた板が立てかけられていた。

古びた道場の雰囲気は、どことなく青雲寺に似ている。

跫音を忍ばせて道場を横切り、濡れ縁にたどりついた。

ぎっと、床が軋む。

月は中天（ちゅうてん）にあった。

亥ノ刻を過ぎたのだろう。

月明かりに照らされているのは、枯山水の庭である。

ほうっと、求馬は嘆息（たんそく）した。

月明かりに照らされた砂紋が陰翳（いんえい）をつくり、眺めていると静寂のなかへ吸いこまれてしまいそうになる。

ぎっと、床が軋んだ。

廊下の端から、大きな人影がのっそり近づいてくる。

酒呑であった。

やはり、おったか。

「幕府の犬め、何しにまいった」

掠れた声で問われ、求馬は冷静に応じた。

「まもなく、捕り方がやって来る」

「ふん、つまらぬことを報せにまいったのか」

「いいや、おぬしに願いがある。どうか、おもいとどまってはもらえぬか。御座主ひとりを斬ったところで、何ひとつ解決せぬ」

「たわけめ。恩義も義理もない者の戯れ言に聞く耳を持つはずがなかろう」

求馬は、ふいにはなしを変えた。

「ぽん太と呼ばれておったらしいな」

「ふん、知らぬわ」

「知らぬはずがなかろう。おぬしは志乃を姉のように慕い、片時も離れなかった。志乃はな、おぬしの踏み絵を踏むと言った。心はいつも里にある。里の者たちが困っているのを見過ごすわけにはいかぬと言ったのだぞ」

「本人の口から聞きたいものだな」

「志乃はやると言ったら、かならずやり遂げる。さようなことは、おぬしが一番よくわかっておろう」

「どうだか。むかしの志乃とはちがうゆえな」

「いいや、少しも変わっておらぬ。里へのおもいも、近衛さまへの忠誠も、身内同然のおぬしを案じる気持ちもな。おぬしらふたりで力を合わせれば、容易く本懐は遂げられよう。されど、本懐を遂げたあとには地獄が待っている。おぬしらだけではない。里の者たちはみな、おぬしらがやったことの償いをさせられるのだ。わしは志乃を失いたくない。だから、こうして頼んでおる。御座主を討つのはあきらめてくれぬか」

深々とお辞儀をすると、酒呑は全身から殺気を放った。

「それほど止めてほしいのか。されば、今ここで腹を切って誠意をみせろ。さすれば、考えてもよい」

「腹を……わしが腹を切ったら止めるのか」

「二度は言わせるな。考えてもよいだけじゃ。それでも、腹を切れるのか」

求馬は砂紋をみつめ、悲しげに頭を垂れた。

「……わ、わかった。腹を切ろう」

大小を鞘ごと抜き、庭に向かって正座する。

左脇に脇差を置き、作法どおり、腹を晒してみせた。

脇差を抜いて本身に奉書紙を巻き、先端を左の脇腹にあてがう。

「よし、わしが介錯してやろう」

酒呑が音も無く近づき、床から国光を拾いあげる。

無造作に鞘走らせ、鞘を床に抛った。

白刃が月光を反射させ、蒼白く光っている。

「されば」

求馬は、ぐっと肩に力を入れた。

刹那、びゅんと弦音が響く。

――ひゅるる。

鏑矢が鬢を掠め、後ろの柱に当たって揺れた。

酒呑は砂紋の向こうを睨みつける。

枯山水の端に、ふたりの人影があらわれた。

弓を手にしているのは、志乃であろう。

かたわらには、猿婆も控えている。

どうやら、ふたりも酒呑をみつけていたらしい。

「ぽん太、莫迦な遊びはやめておけ」

志乃はざくざくと、砂紋を踏みながら近づいてきた。

酒呑は鬼のような形相になる。

「遊びではないぞ。それとな、わしをぽん太と呼ぶな」

「ふふ、図体は大きゅうとも、ぽん太はぽん太であろうが。のう、ほかに呼びようがあるまい」

「くそっ、何しにまいった」

「加勢しにまいったのに、意外なことを申すではないか」

酒呑は「ふん」と鼻を鳴らし、国光を床に突きたてる。

「おい、もっと大事に扱え」

腹切りの体勢を崩さず、求馬が文句を言った。

志乃がこちらに顔を向ける。

「おぬしもいい加減、生白い腹を晒すのを止めよ。それから、余計な口を挟むのもな」

言われたとおりに腹を隠したが、一度沸騰しかけた気持ちは容易におさまらない。

「こやつ、わしの首を刎ねる気でおったのだぞ」

「それがどうした。おぬしが望んだのであろうが」

志乃に釘を刺され、求馬は黙るしかない。

ようやく命を救われたことに気づき、涙が出そうになった。

「人の命をもてあそんではならぬと、長老に教わったであろうが。のう、ぽん太よ、おぬしは何をそう生き急いでおるのだ」

「生き急いでなどおらぬ。やるべきことをやるだけじゃ。長老も里のみなも賛同しておる」

「わかっておる。里のみなが追いつめられておるのはな。されど、一度だけ機会をくれぬか」

「機会とは何のことじゃ」

「公弁法親王と膝詰めで談判いたす。神聖な比叡山を独り占めにするなと申し渡し、認めさせる」

「それができれば苦労はせぬ」

「その場で認めぬようなら、一刀両断にしてくれよう。一度きりでよいのだ。わたしに下駄を預けてみよ」

酒呑は黙った。考えているのだ。

「そやつの言い分もわからぬではない」

志乃は淡々と喋りつづける。

「座主を斬れば、里も無事ではあるまい。坊主ひとりの命と引換えに、里は滅するやもしれぬ。無論、おぬしはそれでもよいのであろう。里の者たちも、不退転の覚悟でおぬしを送りだしたにちがいない。されど、わたしに一度だけ機会をくれぬか」

酒呑は諾とも否とも言わず、くるりと踵を返す。

淋しげな背中をみせ、廊下の向こうに遠ざかっていった。

七

翌晩、さっそく求馬と佐山は動いた。

志乃は相手のもとを訪ねるなどという甘いことは考えない。

拐かしてこいと、求馬は命じられた。

それが不思議と無理な要求には感じられない。

酒呑に介錯されることを考えたら、何でもできそうな気がした。

右衛門佐局が黒門で襲われて以来、公弁法親王は一日の大半を本坊の中奥で過ごしている。羅刹を筆頭とする僧兵が警戒の目を光らせているので、容易に近づくことはできない。ましてや、見張りの目を盗んで本人に近づき、寺領の外に運びだすのは不可能におもわれた。

「それなら、拐かされたと本人におもいこませればよい」

志乃の策は常軌を逸していたが、本坊に忍びこめさえすればどうにかなると信じ、求馬は夜陰に紛れて寛永寺の境内に踏みこんだのである。

月は出ておらず、暗闇を漕ぐように進んでいった。

案内役は猿婆である。

あまりにすばしこいので、求馬と佐山は従いていくだけで精一杯だった。

根本中堂の脇から松林を抜け、中堂背後の本坊を囲む高い塀に沿って歩き、東の御成門へ向かう。

僧侶たちの起居する本坊は、堅牢な砦と変わらない。

薙刀を提げた見張りの僧兵なども歩いていた。

側溝に身を隠して見張りをやり過ごし、さらにさきへと進む。

御成門の向こうには竹林があり、猿婆はひらりと塀を越えてしまった。

求馬と佐山は苦労して塀を乗りこえ、左右をきょろきょろみまわす。

孟宗竹の陰から、猿婆が手招きをしていた。

本物の猿でも出そうなところだが、どうやら、広大な池のある裏庭の一角らしい。

弁財天の社を過ぎると、池越しの左手に母屋がみえてきた。

池畔に咲き誇っているのは、緋牡丹の群れであろうか。

暗すぎて色はわからぬが、夜風に花が揺れている。

緋牡丹を正面に据えた濡れ縁のある部屋が、公弁法親王の御座所にちがいない。

佐山は猿婆から待機するように命じられ、仏頂面をしてみせる。

段取りどおりなので、求馬に文句はない。

池を巡って母屋に近づき、廊下の雨戸を外して内へ忍びこむ。

伊賀者の見張りがいるわけでもなく、千代田城の中奥や大奥にくらべたら侵入は容易い。

猿婆はするすると廊下を渡り、角部屋のまえで立ち止まる。

ここじゃと、目顔で合図を送ってきた。

耳を澄ませば、襖越しに寝息が聞こえてくる。

猿婆は敷居の樋(ひ)に油を流し、音を起(た)てずに襖を開けた。

求馬がさきに部屋へ忍びこむ。

抜き足差し足で寝所に迫り、布団の端に蹲った。

唐突に、寝息が止まったからだ。

ふたたび、寝息が聞こえたときには、猿婆が高枕の脇に屈んでいる。

さりげなく布切れを口にあてがうと、公弁法親王の頭が枕から落ちた。

それでも、目を覚まさない。

布には眠り薬が仕込んであったのだろう。

「ほれ、急げ」

低声で指図され、求馬は公弁法親王のからだを肩に担ぎあげた。

ずいぶん軽い。

豆腐しか食べておらぬのだろうか。

おそらく、朝までは誰も気づくまい。

素早く廊下へ逃れると、猿婆が襖を閉める。

廊下を戻って庭へ出ると、猿婆は竹林とは反対側へ向かった。

そちらにも高い塀が築かれているものの、築地まで縄梯子（なわばしご）が掛けられている。

佐山が掛けたのだろう。

求馬は公弁法親王を担いだまま、何とか縄梯子を上りきった。

築地塀から見下ろすと、下で佐山が両手をひろげている。

けっこう高いので躊躇（ためら）っていると、猿婆に背を押された。

「うっ」

声をあげそうになるのを堪え、真っ逆さまに落ちていく。

求馬は強かに肩と脇腹を打ったが、空中で離れた公弁法親王の身柄は佐山が上手に受けとっていた。

めざすは右手の御唐門、御門を潜った右手には第四代家綱公の御霊屋がある。

常ならば閉じてあるはずの御門は、半ば開いていた。

通り抜けると、門番らしき僧兵が白目を剝いたまま倒れている。

後ろから近づいてきたのは、志乃であった。

「支度はできておるぞ。目を覚ますまえに奥へお連れしろ」

佐山を見張りに残し、三人が向かったさきは家綱公の霊廟であった。

「ここなら、邪魔もはいらぬ」

志乃は自慢げに言い、ずらりと並んだ灯明に火を灯す。

罰当たりにもほどがあろう。

霊廟の手前には、簡易な祭壇が設けられていた。

祀ってあるのは、人の髑髏にほかならない。

供物の椀を覗けば、山狗の真っ赤な血で満たされている。

荼枳尼天の呪でも唱えれば、邪教の隠れ家だと信じこませることができよう。

どうやら、それこそが狙いらしい。

志乃は額に朱の香料を塗り、怪しげな巫女に扮してみせる。

「おぬしらは祭壇に向かって、適当に経を唱えておれ」

なるほど、公弁法親王は髑髏を本尊に奉じる真言立川流を邪教と決めつけ、芽があれば痕跡も残さずに摘んできた。志乃に言わせれば、それは恐怖の裏返しなのだという。真言立川流にかぎらず、おのれが理解できぬものは根絶やしにする。そうした偏狭な人の特性を持つ者ならば、恐怖を煽る仕掛けに騙されぬはずはない。

はたして、志乃の企てどおりになった。

目を覚ました公弁法親王は邪教の巣窟に連れこまれたものと信じこみ、言い知れぬ恐怖に身を震わせるしかなかったのだ。

「さあ、談判じゃ」

志乃は巫女になりきり、公弁法親王に顔を近づけた。

「生きてここを出たいか。それなら、今ここで約束せねばならぬ」

「……い、いったい、何を」

「漆じゃ。京の漆問屋に与えた御墨付き、無かったことにいたせ」

「……な、何故に」

「御墨付きを与えた相手の正体はわかっておろう。波多野稀久は希代の悪人ぞ。仙洞様を利用し、悪事を企む奸臣ぞ。さような者と手を組むのか。天台を司る高僧として、恥ずかしゅうはないのか」

公弁法親王は黙った。さきほどとは異なり、肚が据わったようにもみえる。

「大事の前の小事なり。胸に秘めた存念を形にするためならば、毒水を啜らねばならぬときもある」

「存念とは何じゃ」

「法皇となり、政を司る。将軍の後ろ盾となって、この身が世を動かす。天台の教えをもって、武家に頼らぬ泰平の世を築きあげてみせる。それこそが大事じゃ。大奥の御局には一笑に付されたがな」

「右衛門佐局のことか」

「さよう。わしは甲府宰相の綱豊さまを綱吉公の御世嗣に推しておる。綱豊さまは綱吉公の甥、仙洞さまの甥という拙僧の立場とも重なるゆえな。ところが、御局は紀州の綱教さまを推しておる。鶴姫さまが嫁いだ折り、紀州でずいぶん世話になったとか。そのときの義理があると申してな。翻意させようとしたが、頑固な御局は首を縦に振らなんだ。あの日以来、袂を分かったままじゃ」

志乃は苦い顔で吐きすてた。

「ふん、さようなことはどうでもよいわ。おぬし、比叡山の裏山を漆園にする気らしいな」

「いかにも。全山丸ごと漆林にしてみせよう」

「麓の八瀬はどうなる」

「どうなるとは」

「裏山の薪を集めて商う。生活の手管を失えば、里の衆は餓えるしかあるまい」

「漆器作りを手伝えばよい。日光の村々もそうやって潤っておる。比叡山の麓ならば、日の本随一の漆の里になるやもしれぬ。村人からは恨まれるどころか、感謝されるはずじゃ」

「本気でそう考えておるのか。代々受け継がれてきた生業を奪われ、八瀬衆が納得するとでも」

「納得せぬようなら、村を捨ててもらうしかあるまい」

「逃散してもかまわぬと。それが天台座主の考えることか」

「それもまた、大事の前の小事なり。存念を形にするには金がいる。幕府の公金などはあてにせず、独力で利を得ねばならぬ」

「笑止(しょうし)。談判は仕舞いじゃ。おぬしには死んでもらう。死んで髑髏となり、祭壇の片隅にでも並べられるのだな」

「待ってくれ。おぬしら、八瀬に関わりのある者たちなのか」

「死に行く者に聞かせることもあるまい」

「待て。拙僧は死にとうない」

「偉い坊主の台詞ともおもえぬな。命が惜しいなら、漆園の夢はあきらめよ。叡山の裏山を延暦寺が独り占めにするのを止めさせよ」

「諾したら、命は助けてくれるのか」

「約束いたそう。ただし、念書をしたためてもらう」

「わかった。されど、条件がひとつある。強奪された幕府の寄進金を奪い返してもらえまいか」

「ふん、命のほかに条件を出すとはな。見掛けによらず、胆の据わった御仁のようじゃ」

「奪った者の見当はついておる。そやつらとおぬしら、生き残ったほうと手を組もう。それでどうじゃ」

「なるほど、おもしろい」

志乃はふっと微笑み、眸子を細める。

少なくとも、この場で命を絶つことだけは止めたようだった。

八

念書を取って廟から去り、市ヶ谷御納戸町の家宅へ戻ってきた。

公弁法親王に課された条件は、強奪された寄進金を取り戻すことだ。

「波多野稀久を拐かして、金の在処を吐かせよう」

志乃は言った。焦っているのが手に取るようにわかる。

酒呑が痺れを切らせて動くまえに、やるべきことをやっておかねばならない。

得策とは言えぬが、ほかに妙手は浮かばなかった。

確たる証しはないものの、波多野の指図で村雲党が動いたことは想像に難くない。

求馬は佐山を連れて伝奏屋敷へ向かった。

夜陰に紛れて忍びこみ、波多野を拐かそうとおもったのである。

「ちと、しんどいですな」

めずらしく、佐山が弱音を吐いた。
ひとっこひとりいない大名小路を進み、伝奏屋敷へ向かうところだ。
辰ノ口から道三堀に落ちる水音が、次第に近づいてくる。
あいかわらず、月は出ていない。
おそらく、子ノ刻は過ぎていよう。
公弁法親王を拐かしたのが、遥かむかしの出来事に感じられてならない。
誰の庇護も受けず、危うい領域に踏みだしてしまった。
それは動かしがたい事実で、今さら後戻りはできない。
覚悟を決めねばならぬと、求馬は気を引き締めた。
伝奏屋敷の高い塀がみえてくる。
辰ノ口寄りの表口ではなく、裏手へまわった。
背後にも大名屋敷の海鼠塀がそそり立っている。
佐山は縄梯子を取りだし、塀の上方へ投じた。
「よっしゃ」
一発で屋根に引っかかったとおもいきや、縄梯子の先端がするっと落ちてくる。
「うえっ」

佐山は慌てて、尻餅をついた。

求馬はさっと身構えた。

塀の上から、何者かが見下ろしている。

軽々と飛び降り、こちらに近づいてきた。

公人朝夕人の伝右衛門である。

「おぬしら、こそこそ何をしておる」

「そっちこそ、ここで何をしておる」

「きまっておろう、探索の御役目じゃ」

「公金強奪の探索か」

「ふふ、敵の尻尾を摑んだぞ」

「まことか」

求馬は顎を突きだした。

はなしの中身次第では、波多野を拐かす必要もなくなろう。

「わかっておるぞ、寛永寺に忍びこんだのであろう。御座主に何をやった。正直にはなせば、こっちのはなしも教えてやる」

「くそっ、おぬしは味方なのか」

「おぬしらが勝手な動きをしているかぎり、味方にはなれぬであろうな」

「御座主は殺めておらぬぞ」

「ふん、じゃじゃ馬妻を抑えたつもりか。それで、御座主とはどんな取引をしたのだ」

求馬は廟で交わしたはなしの中身を、かいつまんで喋った。

伝右衛門は聞き終えると、小莫迦にしたように嘲笑う。

「あいかわらず、おめでたいやつらだな。念書ごときで御座主が約定を守るとでもおもうておるのか」

「公金を奪い返してやれば、約定を破ることはできぬだろうさ」

「甘いな。そもそも、下々の者が談判できる相手ではない。おぬしらがやったのは、ただの脅しだ。村雲党がやっておることと何ら変わらぬ」

「どうすればよいというのだ」

「談判は上の連中に任せておけ」

「上とは」

「決まっておろう、ご老中の秋元但馬守さまじゃ。そのための地均しをするのが、下々の御役目と心得よ。まあ、おぬしに説いても詮無いことかもしれぬがな」

じゃじゃ馬の手綱を引いておけと言い、伝右衛門は笑いながら歩きはじめる。

「何処へ行く」

「公金の在処が知りたいのであろう。ならば、従いてこい」

ちっと、佐山が舌打ちした。

道三橋を渡って神田橋御門へ進み、御濠を渡ったあとは鎌倉河岸、三河町と突っ切って神田川の土手をめざす。

たどりついたのは、神田の佐久間河岸と柳原土手に架かる新シ橋のたもとだった。

まっすぐに土手下の番小屋へ向かい、扉を開けて内へ踏みこむ。

漆黒の闇から、公人朝夕人の声だけが聞こえてきた。

「半刻前まで、番人に化けた村雲党の者らしき忍びが潜んでおった。その忍びを尾けたところ、伝奏屋敷へ導かれたというわけだ。幸運にも、忍びは端緒を与えてくれた。何せ、波多野稀久の部屋にはいっていったのだからな」

そこで、求馬と佐山をみつけたのだという。

村雲党の忍びと波多野との繋がりを確かめ、伝奏屋敷から逃れようとした。

「あのまま忍びこんでおったら、おぬしらは捕らえられていたかもしれぬ。感謝するがいい」

「ふん、偉そうに」

佐山の台詞を無視し、伝右衛門はつづける。

「波多野はな、ただの公卿ではないぞ。所作に一分の隙もない。剣におぼえのある者の所作だ」

武者隠しから覗いたとき、求馬もそれは感じていた。

だが、今は番小屋へ連れてこられた理由を問わねばならぬ。

求馬の口調はいつのまにか、目上に対するものではなくなっていた。

「おぬしはどうして、この番小屋に目をつけたのだ」

「公金が強奪された晩、新シ橋のそばで一艘の荷船が沈んだと聞いてな。ひょっとしたらとおもって、夜間だけ番小屋を見張っておったのさ」

数日後、奇妙なことが起こった。

番人がふたりとも、別の人物にすり替わっていたのだ。

油断のない仕種で周囲をみまわす様子は、ただものではなかった。

不審におもった伝右衛門は、隙を見て番小屋へ忍びこんだ。そして、とんでもないものをみつけたという。

ぽっと、手燭（てしょく）の炎が灯った。

「あそこだ」

伝右衛門は奥まで進み、道具置き場の扉を開く。

「うっ」

翳（かざ）された灯りに照らされたものをみて、求馬はおもわず身を反らした。

裸の屍骸らしきものが、二体並んで転がされている。

異様な屍骸であった。

頭から足の先まで、何と朱色に塗られているのだ。

伝右衛門が冷めた口調で言った。

「番人たちの屍骸であろう。臭気を放たぬように、漆を塗りたくったのだ」

「漆だと」

「やった連中の正体はあきらかであろう」

波多野稀久が連れてきた京の漆問屋は、桃割れの顎を持つ男だった。まちがいなく、それは村雲党を束ねる山神式部にちがいない。人の命を何ともおもわぬ山神ならば、番人の屍骸に漆を塗りたくるくらいは平気でやってのけよう。

「さあて、忍びが戻ってくるまでに、やるべきことを済ませよう」

「やるべきこと」

伝右衛門は片頬で笑い、手燭を吹き消した。

番小屋から外に出て、桟橋（さんばし）の端へ向かう。

「おい、やるべきこととは何だ」

求馬の問いかけに応じず、伝右衛門は身を屈めた。

杭（くい）に繋がった網をもてあそんでみせる。

「新しい網だ。潜ってみれば、何かみつかるかもしれぬ」

「おいおい、わしに潜れと申すのか」

「嫌なら、後ろのでかぶつを潜らせろ」

「できませぬ」

佐山が狼狽（うろた）えた。

「それがしは金鎚（かなづち）ゆえ、天地がひっくり返っても潜れませせぬ」

求馬は伝右衛門を睨みつける。

どうして自分で潜らぬのかと、文句を言いたかった。だが、面倒臭いので止めておいた。どっちにしろ損な役回りを引きうけねばならぬのなら、潔（いさぎよ）く褌（ふんどし）一丁になったほうがよい。

求馬は憮然とした顔で帯を解き、着物を脱いだ。

「殿、気張ってくだされ」

「うるさい」

心配そうな佐山を一喝すると、しゅんとしてしまう。

ともあれ、褌一丁で水に浸かった。

「うっ」

とんでもなく水が冷たいことに気づく。

「ええい、ままよ」

ひゅっと息を吸いこみ、ざぶんと水中に潜った。

深さはかなりある。一間余り潜っても、底に届かない。

そもそも、真っ暗で何もみえなかった。

網を伝って潜り、手探りで底を探すしかない。

ん。

何か固い物に手が触れた。

千両箱かもしれぬ。いや、大きさからすると、五百両箱であろう。

興奮した途端、息が苦しくなった。

急いで水を搔き、水面へあがる。

「……ぷはあ」

口から水を吹きあげた。

佐山が桟橋から身を乗りだしてくる。

「殿、ご首尾は」

「……あ、あったぞ」

伝右衛門が龕灯を点け、水面を照らす。

「ほら、潜れ」

必死に水を搔き、底に沈んだ箱を探す。

求馬は怒りを抑え、ふたたび水中に潜った。

「くそっ、無理を言うな」

あった。

箱をまさぐると、鎖で縛りつけてある。

鎖の端を握り、水をおもいきり蹴った。

長い鎖は重く、からだが容易に浮かばない。

懸命に藻搔き、水面を照らす光に向かっていった。

「……ぷはあ」

浮かびあがり、手を伸ばす佐山に鎖を渡す。

「なるほど、こいつで持ちあげる仕組みか」

佐山が腕に力瘤をつくって鎖を手繰ると、五百両箱がひとつ持ちあげられた。

伝右衛門が苦無を使い、蓋をこじ開ける。

「おっ、ほほ」

小判が眩い光を放った。

「おもったとおり、水中に隠しておったようじゃ。されど、盗まれた公金は五千両を超えておったはず」

少なくとも、あと九箱は沈んでいるということだ。

「……ま、待ってくれ」

あと九度潜れというのか。気が遠くなってくる。

「殿、気張ってくだされ。ここは漢をみせるときにござる」

佐山が拳を握って前に突きだす。

「うるさい。黙っておれ」

求馬は吐きすてるや、ざぶんと水中に潜った。

底まで潜っては手探りで箱を探し、鉄の鎖を摑んでは水面へ持ちあげていく。

何も考えず、ただそれだけを繰りかえした。

最後のひと箱が持ちあがったときには、東涯が仄白くなっていた。

「急げ、夜が明けるぞ」

伝右衛門が声を荒らげている。

土手の上には荷車が用意されており、佐山が五百両箱をせっせと積みこんでいた。

ようやく終わり、桟橋にあがった途端、求馬は気を失いかけた。

番人に化けた忍びは、幸運にも戻ってきていない。

今日一日くらいは、気づかれずに済むかもしれなかった。

「荷はわしが預かっておく」

伝右衛門は偉そうに言い、荷車をひとりで牽いていってしまう。

「殿、屋敷に戻って温かい味噌汁でも呑みましょう」

佐山が汗を拭きながら喋りかけてきた。

帰る道程を考えただけでもしんどい。しかも、味噌汁を呑んだら、一睡もせずに出仕せねばならなかった。

はたして、肩衣に半袴で今日一日、毒味御用にいそしむことができるのだろうか。
疲労困憊(こんぱい)の求馬は、不安に駆られる余裕すらも失っていた。

九

伝右衛門は荷駄を何処かへ運んだきり、うんともすんとも言ってこない。
「おぬしら、騙されたのではないのか」
志乃に叱責され、返すことばもなかった。
二日後の朝、公弁法親王に動きがあった。
綱吉に呼ばれ、久方ぶりに登城することになったのだ。
一報をもたらしたのは、酒呑を見張っていた猿婆であった。
酒呑はすがたを消し、おそらくは寛永寺に向かっているという。
もちろん、公弁法親王の命を奪いに向かったのだろう。
拐かして談判におよんだ経緯を志乃が告げても、酒呑は納得してくれなかった。
延暦寺の連中には何度も煮え湯を呑まされてきたの一点張りで、さすがの志乃も匙(さじ)を投げたのだ。今さら説いても無駄かもしれぬが、いざとなればこの身を盾(たて)にしてでも阻むしかないと、志乃は感情を露わにする。公弁法親王と交わした約定を反故(ほご)にしたくはないのだろう。

求馬たちは寛永寺へ向かった。

「ひょっとしたら、罠かもしれませぬぞ」

佐山がぽつりと漏らす。

あり得ぬはなしではない。伝右衛門は酒呑を警戒し、捕り方を手配するとまで言っていたではないか。要は公弁法親王の命を守るために、刺客を狩りだす策に出るかもしれなかった。

一方、酒呑が襲うとすれば何処であろうか。

「やはり、あそこか」

求馬は三橋を渡り、前方に立つ黒門を睨みつけた。

右衛門佐局が襲撃されたときの情景が鮮明に甦ってくる。

当然のごとく、羅刹の束ねる僧兵たちは警戒していよう。

刺客の襲撃を受ければ、修羅場(しゅらば)と化すのは目にみえている。

だが、目の前に広がるのは、じつに長閑(のどか)な景色であった。

門前には傘見世が点在し、空には鳥凧が舞っている。
周囲に目を凝らしても、怪しげな者はいない。
七尺の大男ならば、何処に隠れていても見逃さぬはずだ。
猿婆は不忍池を一周してきたが、それらしき人影はいなかったという。
物々しい捕り方の気配もなく、弁天島の辺りには水鳥が羽を休めていた。
もちろん、安堵するのはまだ早い。
罠であろうとなかろうと、酒呑はかならずやってくるはずだ。
志乃の強張った横顔をみれば、今は嵐の前の静けさだとおもわざるを得なかった。
黒門の向こうが騒がしくなったのは、半刻ばかり経過したのちのことである。
物見に行っていた佐山が、興奮の面持ちで駆けてきた。
「まいりました、牛車の一行にござります」
左右二手に分かれ、求馬と佐山は左手の池畔寄りから近づいていく。
十文字槍を提げた羅刹を筆頭にして、牛車の一団が御門を出てきた。
袴腰や門前に異変らしき兆候はない。
求馬は傘見世の陰に隠れ、慎重に様子を窺った。

牛車の一行はのんびりと広小路を進み、三橋のほうへ向かっていく。

怪しい人影が迫れば、すぐさま追いつける自信はある。

四人は参拝客を装い、左右の端を進んでいった。

行く手に流れる忍川には、橋が三つ架かっている。

三橋を渡れば下谷広小路が長々とつづき、道の右手には町屋が連なり、左手には紀文に導かれた常楽院があった。真ん中の橋は幅六間（約一一メートル）余り、左右の橋は幅二間ちょうど、もちろん、牛車の一行が通るのは真ん中の橋だ。

先導役の羅刹がまず橋を渡り、広小路の左右を睨みつけた。

振り向いて合図を送ると、牛車の一行が橋を渡りはじめる。

さほどの長さではないので、ほどもなく無事に渡り終えた。

追いかける求馬の位置からは、半町ほど前方になろうか。

「少しあいだが空きすぎたな」

向こうの端では、志乃と猿婆も駆けだしている。

刹那、どんと雷鳴が轟き、水鳥が一斉に飛びたった。

驚いてみやれば、三橋の下から水柱が噴きあがっている。

それだけではない。水柱とともに、大きな人影が中空に舞いあがった。

酒呑か。
橋のそばに降り、徒手空拳で走りだす。
「うわっ、くせもの」
叫ぶ羅刹が素早く駆け戻った。
酒呑が丸太のごとき足をぶんまわす。
「ぐはっ」
羅刹は回し蹴りをまともに食らい、真横に吹っ飛んだ。
僧兵たちが戸惑うなか、酒呑は牛車に肉薄する。
――もう。
暴れる牛の角を両手で摑むや、くっと首を横に捻る。
どしゃっと牛は倒れ、轅(ながえ)が外れてしまう。
酒呑は大股で歩き、屋形に近づいていった。
このとき、志乃はいち早く三橋を渡っている。
「止めよ」
叫んでも、酒呑に止める気はない。
身を反らして勢いをつけ、肩から屋形にぶつかっていった。

――どん。

屋形は横倒しになり、濛々と塵芥が巻きあがる。

求馬は橋を渡り、固唾を呑んで見守った。

上に向いた車輪が、くるくる空回りしている。

公弁法親王の影はない。

屋形には誰も乗ってなかった。

酒呑は呆然としたまま、仁王立ちになっている。

背後に人影がひとつ立っていた。

羅刹だ。

「莫迦め、嚢中の鼠じゃ」

手にした十文字槍の先端が、酒呑の背中を串刺しにしている。

「ぽん太」

志乃が刀を抜き、風となって駆けぬけた。

身構えた羅刹の首が、一瞬にして刎ねられる。

「ぐおっ」

酒呑はみずから、十文字槍を引き抜いた。

どばっと、血が噴きだす。
志乃は全身を血に染め、帯で止血を試みた。
猿婆も手伝っている。
求馬と佐山は、僧兵たちを相手にしなければならない。
僧兵だけではなかった。
左前方の常楽院から、物々しい連中が溢れだしてくる。
「殿、捕り方でござる」
佐山が叫んだ。
伝右衛門の手配りならば、恨むしかなかろう。
「それ、くせ者を捕らえよ」
陣笠与力が指揮棒を振りまわしている。
「ぽん太を抱えて逃げろ」
求馬は志乃に背中を押された。
酒吞は気を失いかけており、重いからだを預けてくる。
佐山は手拭いで面相を隠し、捕り方の前面に立ちふさがっていた。
酒吞を引きずって逃げるか、捕り方の盾になるかのどちらかしかない。

求馬は酒呑を背負った。
岩のように重く、膝が小刻みに震えだす。
「くそったれめ」
足腰の強靭さだけは、誰にも負けない。
みずからに言い聞かせ、酒呑を背負って走りだす。
広小路から脇道に逸れ、池之端の町屋を突っ切った。
たどり着いたのは、湯島天神の裏手である。
切通の急坂を眼前にして、立ち往生を余儀なくされた。
行く手には、新手の敵が待ちかまえている。
こんなところで会いたくない相手だった。
「……や、山神式部か」
村雲党の束ねが、手下とともに手ぐすねを引いていた。
「くく、便乗させてもらうぞ」
おそらく、捕り方とは連携せずに動いているのだろう。
山神が片手を振りおろすと、ふたりの忍びが襲いかかってきた。
求馬は背中から酒呑を下ろし、素早く国光を抜きはなつ。

上下に分かれた忍びを、袈裟懸けと胴抜きで始末した。

「ちっ」

山神は舌打ちし、みずから身を躍らせる。

青眼に構えた求馬の肩を、大きな手が後ろから鷲摑み（わしづか）にした。

「あっ」

蒼白な酒呑が、ゆらりと前面に出る。

「死ね」

斬りつけてきた山神の一刀を躱し、至近から拳を突きあげた。

拳の一撃は見事に顎をとらえ、山神はその場にへたり込む。

酒呑は止め（とど）を刺す力が出せず、じっと佇むしかない。

山神は身を起こしたが、足許はまだふらついている。

「食らえ」

求馬が右八相の構えで迫った。

やにわに、白刃が突きだされる。

山神ではなく、そばに迫った忍びのひとりだ。

求馬は突きを避け、逆袈裟を浴びせる。

「とあっ」

刀は空を切った。

忍びの覆面が、はらりと落ちる。

露わになった面相をみて、求馬は仰天した。

「……は、波多野稀久」

「下郎（げろう）め、気軽に呼ぶでない」

ひゅんと、波多野は袖を振った。

力感のない一刀が鼻面を嘗める。

「うっ」

どうにか避けた。

強い。とんでもなく強い。

柳のごとき強靭な太刀筋だ。

「遊びは仕舞いじゃ」

つぎの一刀が繰りだされる。

気づいたときには、もう遅い。

深々と胸を裂かれるのだろう。

覚悟すると同時に、後ろから襟首を掴まれた。

「あっ」

酒呑である。

求馬は尻餅をつきながら、酒呑の右手首が断たれる瞬間をみた。

「死に損ないめ」

波多野が半歩退がり、大上段に本身を構えなおす。

——びゅん。

弦音とともに、背後から矢が飛んできた。

求馬の頭上を掠め、波多野の胸を襲う。

「ねぃ……っ」

波多野は刀で矢を落とし、くるっと踵を返す。

こちらに背中をみせ、一目散に駆けだした。

「退け」

山神の号令にしたがい、残った忍びたちも切通の向こうへ遠ざかっていく。

振り向けば、志乃が二の矢を番えていた。

求馬は蹲る酒呑のそばに駆け寄り、断たれた手首を布で包む。

帯で止血しながら、懸命に祈るしかなかった。

「死なんでくれ」

志乃の悲しむ顔だけはみたくない。

「死ぬな、阿呆」

眠らせまいとするかのように、求馬は酒呑の蒼白い頬を平手で叩きつづけた。

十

六日後、卯月二十日早朝。

求馬は佐山とともに、日光道中を歩いている。

昨夜のうちに千住(せんじゅ)宿から草加(そうか)宿まで足を延ばし、一泊して旅籠(はたご)をあとにしたのだ。

さきの宿場には幸手(さって)があり、本来であれば三泊四日で向かう日光詣で泊まることの多い宿場だが、求馬たちは幸手まで行くつもりはない。日光詣でから戻ってくる波多野稀久に引導を渡すためにやってきた。

橘主水から密命が下ったのである。

——仙洞御所の奸臣を成敗せよ。

波多野たち一行は寛永寺の寺領における一件ののち、江戸を離れて日光へ向かった。大権現家康公の命日に合わせて東照宮へ詣で、朝廷の使者である例幣使たちと合流したあと、別々に分かれて日光街道を戻ってくる。帰路三泊目の宿を取った幸手を出発し、昼までに草加松原（そうかまつばら）を通りかかるはずであった。

そこを狙う。

橘には江戸の外で始末をつけよと厳命されていた。

悪人とはいっても相手は公卿だけに、江戸府内で死んでもらっては何かと都合が悪いらしい。

「雨が降りそうな雲行きでござります」

佐山は恨めしげに空をみつめる。

だが、まだ運に見放されたわけではない。

酒吞は生きていた。生死の境を行き来しているあいだ、志乃がつきっきりで看病しつづけた。ところが、一昨夜、ほんの少しだけ目を離した隙に、何処かへ消えてしまったのだ。

志乃と猿婆は酒吞を捜している。

一方、引導を渡すべき波多野の一行については、公人朝夕人の伝右衛門が見張っていた。予定を外れた動きをみせれば、伝右衛門から一報があるはずだが、今のところはない。

「予定どおりのようですな」

ぶるっと、佐山は武者震いしてみせる。

手に提げているのは、矢背家伝来の備前太夫則宗であった。

槍を投じて半町先の的に当て、志乃から褒美に貰いうけた。

村雲党を束ねる山神はもちろん、波多野自身も公卿とはおもえぬほど手強い。

何せ、酒呑の手首を断った男だ。

「生半可なことでは勝てませぬぞ」

佐山は則宗の笹穂をしごき、気合いを入れてみせる。

それにしても、酒呑は何処に行ったのだろうか。

性懲りも無く公弁法親王の命を狙おうとせねばよいがと、求馬は願わざるを得ない。

公金を奪い返したことは、使いを送って伝えておいた。あとは公弁法親王が約定をしっかり守ってくれればよい。叡山の裏山に漆の木を植えず、八瀬衆の生業を保証する。延暦寺にそう下達すれば、命を失う心配はなくなるのだ。

「殿、どうなされた。何を考えておられる」

佐山がやんわりと叱りつけてくる。

たしかに、今はそちらの心配をしているときではない。草加松原を襲撃の場に選んだのは、聖域とされる日光領内のみならず、古河や宇都宮といった大名家の領内をも避けねばならなかったからだ。

しかも、夜間は狙えない。日中の襲撃となる。幸手は日光御成街道との分岐点だが、仙洞御所の使者たちが岩槻へ抜ける公方専用の道を通ることは考え難い。そうなると、かならず通過する見込みがあり、なおかつ襲撃に適したところは、鬱蒼とした松林に囲まれた草加松原以外に思い浮かばなかった。

相手も充分に警戒していると考えるべきだろう。

求馬と佐山は、綾瀬川に架かる太鼓橋を渡った。

遥か遠くのほうまで、松並木の隧道がつづいている。

草加松原であった。

ふたりで行列を挟み打ちにすべく、求馬は佐山を残してひとりだけ松林の隧道を進んでいく。

聞くところによれば、松は六百本を数え、松原は十三町（約一・四キロ）余りもつづくという。

日光に詣でる使節だけでなく、陸奥（むつ）、出羽（でわ）、松前（まつまえ）など三十二家を数える奥州の大名衆や、黒羽（くろばね）、大田原（おおたわら）、喜連川といった下野（しもつけ）の大名衆が参勤交代で通る道でもあった。

それゆえ、道幅も広い。

求馬は一町ほど進み、左端の松の木陰に身を潜める。

そのあいだにも、旅人たちが何人も通り過ぎていった。

公人朝夕人の伝右衛門は、やはり、すがたをみせない。

ということは、もうすぐ、波多野たちの一行がやってくるはずだった。

求馬は瞑目（めいもく）し、逸（はや）る気持ちを抑えた。

狙う的は、なかなかすがたをみせない。

見上げれば、松林の狭間に鉛色の空がみえた。

ぽつぽつと、雨が降ってくる。

幸運を呼ぶ雨と、おもうしかない。

じりじりしながら、四半刻ほども待ったであろうか。

突如、頭上の鴉が飛びたった。

「来た」

松原の彼方に、蓑を着た供人に先導された駕籠の一行があらわれる。

しばらく木陰を進んでいくと、狙うべき的であることがはっきりとわかった。

駕籠の主がみずからの力量を過信しているせいか、防となる供人の数は五、六人にすぎない。それでも、忍びの精鋭で固めているとすれば、看過すべからざる敵であることにかわりはなかろう。

的はひとりだぞと、佐山には伝えてある。

ほかの連中は逃しても、波多野稀久だけは何としてでも仕留めねばならぬ。

大将首を取る気構えでなければ、密命を果たすことはできまい。

公卿の一行は、のんびりと近づいてきた。

雨脚は速まり、駕籠の屋根を雨粒が激しく叩いている。

足許は泥濘みかけており、それがどちらに幸いするかはわからなかった。

目の前にあらわれた一行をやり過ごし、少し間を置いてから求馬も木陰から離れる。

一町足らずさきには、綾瀬川に架かる太鼓橋がみえた。

雨のせいか、橋を渡ってくる旅人もいない。
求馬は間合を詰めるべく、駕籠尻を追いかける。
波多野の一行は悠々と進み、橋まで半町ほどまで近づいた。
土手下から、佐山がゆらりとあらわれる。
仁王立ちになり、こちらを睨みつけた。
供人たちは異変に気づき、動きを止める。
佐山が槍を持った右手を頭上に掲げ、三歩ほど後退りしてみせた。
勢いをつけて駆けながら、胸を大きく反らす。
「ぬお……っ」
気合いもろとも、右腕を大きく振りぬいた。
――びゅん。
鋭利な笹穂が雨粒を弾き、槍は雨空に舞いあがっていく。
と同時に、佐山は駆けだした。
求馬もはっとばかりに、地べたを蹴りあげる。
ふたりは滑らぬように摺り足で駆け、前後から駕籠に迫った。
「くせ者」

供人のひとりが叫んでも、駕籠の主は下りてこない。
佐山が投じた槍の威力を知らずにいるのだろう。
求馬のほうが到達は早かった。
しんがりの供人が忍び刀を抜き、真正面から斬りつけてくる。
「ふん」
一刀で脇胴を抜き、低い姿勢で前へ進んだ。
佐山もひとりを斬り、駕籠の手前に達する。
刹那、天空から真っ逆さまに槍が落ちてきた。
――どん。
轟音(ごうおん)とともに、駕籠全体が崩壊する。
屋根を突きやぶった槍は、乗っていた者をも串刺しにしていた。
だが、供人たちに動揺はない。
「影か」
求馬は臍(ほぞ)を嚙んだ。

十一

土砂降りになった。

波多野稀久は、少なくとも駕籠には乗っていない。

「くそっ、何処におる」

佐山も目の色を変えて捜した。

求馬はふたり目の忍びを斬り、三人目に斬りつける。

――きいん。

容易に弾かれた。

菅笠の下に、桃割れの顎がみえる。

「おぬし、山神式部か」

すかさず、反応があった。

「ふふ、刺客が鬼役とはな。幕府の連中も、よほど駒がないとみえる」

「黙れ」

求馬は突きに出た。

躱され、わずかに蹈鞴を踏む。
「やっ」
相手の水平斬りを避けきれず、左腕の外側を浅く斬られた。
「死ね」
山神は息も継がせず、下段から上段突きを狙ってくる。
刀身を逆袈裟に薙ぎあげ、どうにか弾いた。
――きいん。
激しく火花が散る。
菅笠も宙に飛び、山神が面相を晒した。
「つおっ」
上段斬りを躱すと同時に、国光を横薙ぎに払う。
ふわりと、山神は二間近くも跳んだ。
求馬は追わず、撞木足に構えて腰を落とす。
今でも毎日欠かさず、朝と晩に二千回ずつの素振りを課していた。
負けはせぬという揺るぎない自信がある。
しかし、相手は手練の忍び、尋常な手管では勝てない。

「ぬおっ」

山神は袈裟から逆袈裟の燕返しを繰りだし、身軽な体術を駆使しながら休む暇もなく攻めてくる。

——身は流動して滞らぬこと。

慈雲和尚の教えが脳裏を過ぎった。

相手の動きに応じて、変幻自在に形を変えてみせる。

本来、それは求馬の真骨頂ではなかったのか。

自問自答するや、白刃に鼻面を嘗められた。

「うっ」

泥濘に片足を取られ、迂闊にも尻餅をついてしまう。

「もらった」

山神はほくそ笑み、上段から月代を狙って斬りつけてきた。

求馬はこのとき、泥を摑んでいる。

尻餅をついたのは、誘いにほかならない。

ばっと泥を投げ、立ちあがりざま、逆袈裟から水平斬りを見舞う。

乾坤一擲の水返しだった。

——ばすっ。

肉を斬った感触を得た。

「ぬう……」

山神は口を歪めつつも、体勢をたてなおそうとする。

求馬はすでに、明鏡止水の境域に踏みこんでいた。

父の形見の国光が、茶花丁子乱の刃文を閃かせている。

求馬は大上段に構えるや、梨割りの一刀を振りおろした。

——びゅん。

山神式部は眉間を割られ、声もなくその場に蹲る。

一方、佐山はふたりの忍びに手こずらされていた。

そのふたりを除けば、生き残った忍びはひとりしかいない。

求馬は身構えた。

「ふうん、村雲党の束ねを葬るとはな」

忍びは、くぐもった声でつぶやいてみせる。

菅笠で面相はわからぬが、薄い唇は紅を引いたように赤く、片端だけが吊りあがっていた。

「おぬし、波多野稀久か」

「ああ、そうや」

波多野は前傾で迫るや、挨拶替わりの袈裟懸けを浴びせてきた。

仰け反って躱すと、今度は右手を放し、左手一本で面割りを狙ってくる。

陰刀（いんとう）か。

——がしっ。

強烈な一撃を、どうにか十字に受けとめた。

白刃を合わせるとおもいきや、波多野は下にするっと潜り、顎をめがけて柄砕きを繰りだす。

横転しながら避けると、懐中に飛びこむ勢いで突いてきた。

鬢（びん）を裂かれ、血が滴る。

波多野は、ようやく離れた。

求馬は肩で息をしているのに、相手にはわずかな呼吸の乱れもない。

「刺客よ、鳥王剣（ちょうおうけん）を知っておるか」

「無外（むがい）流の奥義（おうぎ）であろう」

「そうじゃ。今からみせてつかわそう」

すすっと、波多野が踏みこんでくる。

突如、白刃の切っ先が膨れあがった。

――鳥王剣なり。

耳に聞こえてきたのは、慈雲和尚の声であろうか。

突きに気取られた隙に、相手は手首を落としにかかるはずだ。

求馬は腰を引き、みずから尻餅をついてみせる。

相手の動きが止まった。

「ふん、姑息な手は通用せぬぞ」

波多野は菅笠をかぶったままで嘲笑う。

菅笠すら取らずともよいのだろう。

「さよう、虫螻ごときに本気を出すこともなかろう」

ぐっと腰を落とし、右八相に構えなおす。

「逝くがよい」

もはや、逃げようもなかった。

つぎの一刀で、確実に首を刎ねられよう。

「身は深く与え、太刀は浅く残して、心はいつも懸かりにてあり」

念仏の代わりにつぶやいたのは、鹿島新當流の剣理にほかならない。

「やっ」

気合いがほとばしり、白刃が振りおろされてくる。

「うわっ」

首を、刎ねられた。

と、おもいきや、波多野の影が視界から消える。

松の木の天辺から、怪鳥が舞いおりてきたのだ。

いや、怪鳥ではなかった。

酒呑である。

すでに、波多野は足許に倒れていた。

酒呑は断たれたはずの右手で、波多野の脳天を菅笠ごと粉砕してみせたのだ。

「こやつはわしの獲物じゃ」

自慢げに持ちあげた右手首には、拳よりも大きな鉄球が装着されてあった。

波多野稀久は、鉄球の一撃であの世へ逝ったのである。

「おいおい、来るならもっと早く来い」

忍びどもを葬った佐山が、槍を提げて近づいてきた。

「それにしても、凄まじい殺りようだな」

波多野の屍骸は、面相すら判別できなくなっている。

気づいてみれば、雨は嘘のように止んでいた。

松林の狭間からは、一条の陽光が射しこんでくる。

「さあ、まいりましょう」

佐山が晴れ晴れとした顔で言った。

ほどもなく、野次馬たちが集まってくるにちがいない。

三人は血腥い惨状を離れ、橋のそばまで小走りにやってくると、ことばも交わさず二手に分かれ、各々の道を戻りはじめた。

十二

数日後。

旅立ちの朝を迎えた。

空は快晴、一朶の雲もない。

求馬と志乃は芝口の高札場から大縄手を経て、泉岳寺の高輪富士がみえる芝車町までやってきた。

東海道をたどる旅人のために高札場が移設され、この辺りに大木戸が設けられると聞いたが、いまだに普請がはじまる気配はない。群青色の内海は凪ぎわたり、沖には白い海猫が群れ飛んでいた。

「ぽん太め、本物の富士山を愛でたいからと、猿婆の案内で日本橋に立ち寄ってくるそうじゃ」

志乃はさも嬉しそうに微笑み、従者の佐山に海猫の数を当てさせようとする。

「お方さま、二十や三十ではききませぬぞ」

「莫迦を申すな、二十もおらぬわ」

「それがしには、ちぎれた雲にしかみえませぬ」

「唐変木め、海猫も数えられぬのか」

小娘のように笑顔を弾けさせる志乃の様子が、求馬には何よりも愛おしいものにおもわれた。

昨日、酒吞は老中の秋元但馬守に目通りした。

志乃ともども、外桜田の上屋敷に呼ばれたのだ。

室井作兵衛の寄こした使いには驚いたが、のちに公人朝夕人の伝右衛門が仲介の労を取ったのは自分だと自慢してみせた。

草加松原で波多野稀久を亡き者にした出来事は表沙汰にならず、闇から闇に葬られるはずだが、単独で動く酒呑の牙を抜くには、秋元が直々に説くしかないとの判断が下ったのであろう。

ひょっとしたら、志乃が室井に頼んだのかもしれなかった。

酒呑のはたらきを認めてもらい、秋元から褒めてほしかったのだろう。

もちろん、酒呑からみれば幕閣の中核をなす老中は雲上の人物、目通りがかなうだけでもありがたいはなしだ。

酒呑と志乃が中庭に控えていると、秋元は廊下の向こうから颯爽とあらわれ、濡れ縁からわざわざ降りてきたという。そして、酒呑の肩にそっと手を置き、手首の傷は痛まぬかと案じてくれた。さらには、八瀬荘の平安を保つべく延暦寺との調整をはかる旨を約束したのだ。

「御座主の勝手にはさせぬ」

秋元の真摯なことばは、酒呑の胸にずしりと響いたにちがいない。

誠意が伝わったと感じたのか、約束を果たした折りには八瀬天満宮に社でも築いてもらわねばなと、秋元は冗談半分に言ったらしい。

しかも、秋元は濡れ縁に戻り、近衛基熙から預かった伝言を口にした。

「あっぱれであったと仰せじゃ」

志乃も耳を疑ったという。

仙洞御所のみならず、朝廷にとっても、悪事を企む奸臣が成敗されたことの意味は大きい。綱吉にこたびの出来事は知らされず、仙洞御所や朝廷が傷つかぬ配慮がなされたのである。

信奉する近衛公のことばを秋元から告げられ、酒呑は不覚にも落涙(らくるい)した。

もはや、公弁法親王の命を狙うことはあるまい。

志乃がほっと肩の荷を降ろしたのは言うまでもなかった。

「富士山さえ目にできれば、もはや、思い残すことはなかろう」

酒呑は今日、東海道を上って洛北の里へ帰る。

見送られるのは恥ずかしかろうし、志乃との別れは辛かろう。

それでも、酒呑はやってきた。

猿婆に導かれ、みなのもとへ近づいてくる。

大きなからだを縮め、恥ずかしげに顔を赤らめた。

「ぽん太、富士山はどうであった」

「見事じゃったがな、その呼び名は止めろ」

「ぽん太は、ぽん太であろうが」

ふたりがじゃれ合っている様子も見納めだとおもえば淋しい。

――どん、どどん。

突如、大筒の轟音が聞こえてきた。

どこぞの大名が試し討ちでもやっているのだろう。

「下にぃ、下に」

品川宿のほうからは、大名行列の一団がやってくる。

参勤交代の外様大名が、国元から下ってきたようだ。

毛槍奴の奴振りでも眺めながら、のんびり縄手の道を進んでいけばよい。

「のう、ぽん太」

「呼ぶなと申しておろう」

酒呑は口を尖らせ、独り言のようにつぶやいた。

「おぬしら、存外に似合いの夫婦じゃな」

おもいがけぬ台詞に照れながらも、求馬は嬉しさで胸がいっぱいになる。

――みゃーお、みゃーお。

紺碧（こんぺき）の空から迫ってくるのは、群れから外れた海猫であろうか。

低空から我が物顔に飛翔する雄姿が、酒呑のすがたに重なった。

「さらばじゃ」

酒呑は深々と一礼し、あっという間に遠ざかってしまう。

「あれが八瀬の男よ」

誇らしげに発した志乃の眸子は、涙のせいで濡れていた。

光文社文庫

文庫書下ろし／長編時代小説
武神 鬼役伝（五）
著者 坂岡 真

2023年8月20日 初版1刷発行

発行者 三宅貴久
印刷 新藤慶昌堂
製本 ナショナル製本

発行所 株式会社 光文社
〒112-8011 東京都文京区音羽1-16-6
電話 (03)5395-8147 編集部
8116 書籍販売部
8125 業務部

落丁本・乱丁本は業務部にご連絡くだされば、お取替えいたします。
ISBN978-4-334-10010-0 Printed in Japan

組版 萩原印刷